激動の昭和を突っ走った消防広報の鬼

―おふくろさんから学んだ広報の心―

中澤　昭

近代消防社

目　次

プロローグ

人影が途絶えた公園に、一組の若い男と女がいた。

その公園は小高い丘の中腹にあり、砂場と、枕木を転がしたような粗末なベンチ、それにブランコがあるだけの小さな公園である。かすか遠くには品川の海が望まれ、昼間は子供たちの格好の遊び場にもなっているが、夕暮れともなれば人っ子一人いない寂しい場所と化した。

二人は街中の喧騒から逃れ、この夜の公園で故郷を想い、語り合うひと時が唯一の気晴らしの時でもあった。

公園から見下ろす家々の窓からは暖かそうな明かりがこぼれ、ちゃぶ台を囲んでの一家団欒の夕食の様子が伺えた。肩を寄せ合う二人は「いつか、私たちもあんな家庭を……」と夢を語り、思い描いていた。

女のお腹には子供が宿っていた。そして、女として初めて、つわりと言う辛さを知った。

女は苦渋に満ちた表情をうかべブランコに座り、必死に苦痛に耐えている。

男はブランコをそっと揺らし、女の背中を優しくさすりながら小声でふるさとの民謡を口ずさみ、時には、茶目っ気たっぷりに身振り手振りのぎこちない小踊りをして見せては、女の気を紛らそうとしている。

「父さんって――。もういいってば！」

女の苦笑した目には涙がうるんでいた。

「少しは良くなったか、そろそろ帰ろうか」

二人は肩を寄せあい坂道をゆっくりと下っていった。


日本は戦争に敗れた。すべての日本人が、耐えがたきを耐え、廃墟から這い上がろうと必死に生きてきた。庶民は大衆娯楽のパチンコで憂さを忘れ、ＮＨＫラジオの「君の名は」が大ヒット、放送時間には日本中の女風呂が空になる珍騒動がおきたと言う、そんな昭和二〇年代も

春の園遊会（平成９年５月14日、赤坂御苑）

終わりに近い晩秋である。

若い二人も、故郷を後にして東京での夢いっぱいの新婚生活をスタートさせた。

男は後に「消防広報の鬼」とまで言われ、東京消防庁のナンバー2の次長まで登りつめた当時二六歳の若かりし頃の鎌田伖喜、女は妻保子である。

鎌田伖喜は昭和一九年から昭和五八年までの三九年間にわたり消防界に身をおき、終戦の混乱から復興そして繁栄へと、昭和の激動期に翻弄されながら、日本消防の歴史の節目節目に起きた出来事を目撃し体験をしてきた、正に昭和の消防史を語るに欠かせない、生き字引でもある。

一方、鎌田伖喜は「仏の鎌さん」と言う愛称でも呼ばれてもいる。どんなに小馬鹿にされても、面と向かって悪口を言われようと決して怒らず、いつもニコニコと笑顔を絶やすことが無かった。

「鎌さんには、負けたよ」

多くの人が、鎌田のいつも変わらぬ、人懐っこい笑顔と雄弁さに、ついには根負けしてしまうのが常であった。

えびす顔こそが鎌田広報の「極意」であったのではないか。

「鬼と仏」と言う、正に相反する二つの顔を武器に、昭和という年代とともに消防人生を突っ走った鎌田伖喜の、その知られざる生き様と、消防の広報マンの視点にたった「あの日あの時の出来事」を鎌田は熱っぽく語りだした。

それは「3・11東日本大震災」がきっかけとなっていた。

第一章　故郷はどこへ行った

「俺は、何をすべきか」

「小学教科書に防災教育」を強化

平成二六年四月四日の新聞一面を飾っていた。

東日本大震災の教訓を生かすために、防災教育を大幅に増やした文部科学省検定結果が発表されたのである。

「うーん、やっとここまできたか」

新聞に目を通しながら「防災教育は子供のときから」と訴え続け、「戦前の教育に逆行させる気か……」と言う異論のある中で粘り強く説得を続け、ついに今から四二年前に教師向けの副読本「火災と地震の話」と言う日本初の防災教材本を作成し、都内各小中学校へ配布したことを思い出し、感慨にふける男がいた。

その男は元東京消防庁次長の鎌田伖喜（八八歳）、消防界を去ってはや三一年が過ぎようとしていた。

「もう少し、早ければ――ナ。」

鎌田はため息まじりのひと言を吐き、新聞を伏せた。

鎌田の故郷は福島県。多くの犠牲者を出し、津波と放射能汚染で未だ復興の途上にあった。


あの時、平成二三年三月一一日午後二時四六分。

鎌田は東京の西東京市の自宅で、妻保子と二人で午後のひと時を過ごしていた。

「あれ!!　地震――か」

二人は、緩やかな揺れを感じた。

それもつかの間、今までに無い激しい揺れが二人を襲った。

「あっ、大きい」

ギシギシと家がきしむ音と、ガタガタと激しく揺れるサイドボードや家具類。

鎌田は「火元は――。落下物は――。」と、周囲を見回し、とっさに身近な家具を支え、揺れの収まるのを待った。

日頃から家具の転倒防止など身の安全対策に怠り無い鎌田家では、地震発生時では、やたら動き回ることの方がかえって危険だと話し合っていた。だが、今回の地震は想像以上に激しくしかも長く続き、二人に恐怖が募った。

「これは大きな被害が出るぞ――。」

激しく揺れるなか、鎌田は最も恐れていた首都直下地震を想定していた。

「俺は今、何をすべきか？」

元消防官として培われた習性と使命感が鎌田を駆り立てていた。

「女は弱し、されど母は強し」と言う。

母親になったとたんに、我が子を守るには「何をすべきか？」の母性本能が芽生え、とっさの保護行動をとらせると言われている。女性の憧れの職業と言われるキャビンアテンダントは、航空機事故発生時には「何をすべきか？」の強い使命感をもち、うろたえる乗客を冷静な言動で誘導し身をもって乗客の安全を守る。昭和六〇年に御巣鷹山へ墜落した日航機事故での当時のスチュワーデスらの遺品の中の乗客へ伝えたメモ類が保存されている。乱れた文字で「落ち着いて」「身の回りの用意をしてください」と。それは死に直面した恐怖を押さえ、「何をすべきか」の己の使命を最後まで全うした証左であろう。

いざと言う時、「これだけは、やる」と、自分でやるべきことを一つでも持っている事が、我が家の安全につながる。

鎌田が口癖のように訴えていたことである。

消防の現役を退き早や三一年、まだ若い者には負けんと思いつつも、年齢も八〇の後半を迎え、老体に鞭打っての消防活動等の支援協力は無理であることは百も承知している鎌田であった。今は脅える妻の身の安全を守ることが鎌田のとるべきことである。

脅える妻へ手元にあった座布団を手渡し身を守るのを見届け、鎌田はテレビのスイッチを入れた。

テレビ画像には国会中継の議場での右往左往している慌ただしい場面にアナウンサーの高まる興奮を抑えての「ただ今、大きな地震が発生しました……」の声、それに地震発生のテロップが流れている。チャンネルを代えてもどの局も同じように地震発生直後だけに混乱がみられ、番組を変更して地震速報に切り替える慌ただしい状況にあった。

激しく長かった揺れが収まった。

「怖かった。」

保子の顔は青ざめ恐怖にゆがんでいた。幸い二人にはケガもなく棚から物が落ちた程度にすんだことに安堵するのであった。

「外を見てくる」

外に出ると「あ――怖かった。」と言いながら家から飛び出してくる人たちがいた。電線が揺れてはいるが壊れたりしている家もなく、見渡しても火事らしき煙も見当たらない。

「お父さん、福島が震源地らしいわよ」

玄関先から顔を出し、保子が声をかけた。

母なる大地

テレビは岩手、宮城、福島、茨城の被災状況が放映されている。

「無事でいてくれ」

鎌田は祈る気持ちで電話機を握り、福島県南相馬市の実家へ電話をかけた。

「駄目だ、つながらない――。」

すでに電話は不通になっていた。鎌田にとっての長い一日がはじまったのである。


「むごい――。」

目をそむけたいテレビ中継の画像が茶の間に送られてきていた。

家が、車が、人が、渦巻く濁流に流されていく。悪魔の仕業としか思えない壮絶な地獄絵図をみて鎌田は絶句した。

「えっ!!　まさか　どうなっているんだ?」

今度は、絶対安全と信じきっていた原子力発電所が爆発した。

それは、日本の安全神話が木っ端みじんに飛び散った瞬間でもあった。そして、最も恐れていた目に見えぬ放射能に汚染された死の灰が、日本の空に飛び散っていた。


海と陸地と空からと、我がふるさとは猛攻撃を受けている。

鎌田は怒りに震えた。そして「我がふるさとが消えていく」、そんな思いでテレビを見つめるしかできない無力な自分自身に苛立っていた。

後手後手の対応で追われ、右往左往する政府と東電。そんな中、救世主が現れた。東京消防庁の誇るハイパーレスキュー隊であった。

鎌田の子か孫のような若きレスキュー隊員たち、それは鎌田の頼もしい後輩たちでもある。

見えない放射能と死を賭けて闘う若い消防戦士た

南相馬市内の被災状況

ちの活動がテレビ画像に映し出された。隊員には父や母、妻や子がいるはずだ、無事に任務を完遂し、愛する人が待つ家に帰ってきて欲しいと、鎌田はテレビに向かって手を合わせ祈っていた。

「俺は、何をすべきなのか?」

何でもいい、わずかな小さい事でもいい、俺が出来る事は何かを思案し苦慮していた。

ふと見上げた鴨居に掛けられた、ふるさと相馬の鹿島町から平成一〇年一月七日に頂いた推戴状を見て「これだ」と一人頷き鎌田は決めた。それは被害を受けている故郷の人々や恩義のあるふるさと鹿島町に激励をこめての義援の手をさしのべる事にしたのである。

地方の消防は消防団が頼りの弱小消防がほんどで、鹿島町の消防もその例外ではない事を鎌田は熟知していた。そのことから鎌田は「いつか、きっと」と気にかけ続け、消防界を去るとき、退職金の一部を生まれ故郷の相馬郡鹿島町へ「町の防災に」と寄付をしていた。長

推戴状

鎌田佼喜殿

あなたを鹿島町名誉町民
条例により鹿島町名誉町民
に推戴します

平成十年一月七日

鹿島町長 中野一徳

鹿島名町第二号

年にわたり地元へは帰らず故郷をかえりみられなかった、せめてものお詫びと償いのつもりの寄付であった。その後も機会あるごとに鹿島町役場を激励で訪れ、時には防災公演を行うなどして、鎌田は消防団員や多くの町民らの歓迎を受ける人気者になっていった。そしてついには鹿島町（現在南相馬市）の「名誉町民」第一号となった。その証が鴨居に掲げられていた推戴状だった。

鎌田は今すぐにでも、生まれ故郷の愛する福島へ飛んで行きたい衝動にかられた。何回か電話をかけ続けるうちに、やっと実家と連絡がとれた。

「無事か――。」

懐かしき故郷は今

鎌田の生まれ故郷の福島県相馬郡鹿島町は、激しい烈震に襲われたものの、なんとか無事のようだ。

テレビから送られた画像には、今も記憶に残る、幼い頃の穏やかな鹿島の里の風景があった。

「おふくろ、落ち着いたら佐喜は会いに行くからな」

今は亡き母に思いをよせ、テレビに向かってつぶやく鎌田の目が潤んだ。

遠くそびえる阿武隈山地が手招きをして鎌田を呼んでいる。

「おふくろは日本一の母」

鎌田は満面の笑みで自慢する。

「おふくろの暖かい愛情があったからこそ、今の俺がいる」と、母タカ（昭和五三年八六歳没）のことを東京消防庁の機関誌へ昭和四四年に投稿をしている。

投稿文

「おふくろ」に想う

鎌田�喜

私のおふくろは今年で七九歳を迎える。故郷の片田舎で毎日私共を案じながら細々と暮らしている。二年前、大病を患って以来耳も遠く、髪も急に白くなって、歩くにも不自由を極めている。それなのに毎月、四・五回はほとんど欠かさず手紙をよこす。それもあまり上手とは言えない字で、しかも二・三度繰り返して読まないとわからないようなお国なまりそのままの文面である。でもその末尾には決まって「風邪をひかないように、怪我をしないように、湿った着物は着ないように、人には迷惑をかけないように」などとこまごました注意が必ず記されている。

このような母を私は誰よりも大好きである。そして深く尊敬している。おふくろはよその母のように深い教養もなければ、賢くもない。また、生臭いものは一切嫌いで魚も肉も食べないし、乗り物は酔うからといって自分の村以外はほとんど遠くには出かけたこともない。

そのおふくろもただ一つ、いつも自慢げに私たちに話していたことがある。それはおふくろの生まれた家が村一番の古い士族であり、その御殿のような家屋敷には隠居や、閉居を始め土蔵などが立ち並びその周りには中間や草履を脱いだ大勢の人たちの長屋があった。よく物ごいやよその人が、朱塗りの門の近くまで来ては驚いて戻っていったとか、また、毎年七月一七日の相馬野馬追祭りには、鎧兜に身を固めた荒武者が、仲間を従えてさっそうと出陣していったものであるとかと言う話があった。

この昔話をするとき以外はまったく世間の煩わしい出来事などにはあまり感心がないようなそぶりであった。それでも、一面ちょぴりユーモラスなところもあって、いつの日だったか、私がテレビ出演したときなど、おふくろがひょっこりそれを見て、孫たちに「佐喜テレビから出て来い」などと言って大喜びで笑わせていたとか。また、知らない人や物ごいなどが来ても、休ませて一緒になって涙を流しあったりしていた事などが子供心にもよく覚えている。

そのようなおふくろであったか、とにかく、良い事につけ悪い事につけ、何にでも哀れみの心をつくしながら、人を恨まず物事をすべて善い方に考えながら、七八歳の今日に及んでいる。そして後はただ、子供だけを溺愛してひたすらに神仏だけを信じて生きているかのようで、あまり言う事を聞かない子供らを今まで一度も怒った事もなければたたいた事もない全く仏様のようなおふくろである。そのおふくろもお人好しで、世話好きで、いつも人集めしては酒を飲んでいた父が、脳溢血で亡くなってからめっきりしわも増えて、ひとしお寂しそうな毎日をおくっているようである。

たまたま、父が亡くなって丁度今春で一三回忌を迎えたので、兄弟親族が集まってささやかな法事を営んだ。私も、その折、実家の改築や叔父の墓参なども重なっていたので休暇をいただき、二年ぶりで懐かしい故郷へ帰省した。その私を真っ先に涙をながしながら喜んで迎えてくれたのもおふくろであった。

私が帰るといつも、玄関に上る前にきまって、裏にある氏神様へ「お参りしたかあ。」というので今度はいわれぬ先に氏神様にお参りをした。

その晩、久しぶりで兄弟六人が顔を揃えたので、おふくろを慰める兄弟会を開いた。おふくろは顔中くしゃくしゃにして今までに見たことのないような最高の喜びようであった。そして、ふだんおとなしいおふくろの願いは、「冥土の土産に子供等の元気な唄を聞かせ欲しい」ということだったので、皆でおふくろの好きな唄を大いに唄い、合唱した。

おふくろは喜びのあまり、かつて聞いたことの無いような古い昔の唄をびっくりする程上手に唄ったので、私は思わず「おっかさんは、うまいんだなあ。」としみじみ感じながら、何かしらほのぼのとしたものが胸一杯にこみあげてくるのをかくし得なかった。その晩もおふくろは昔と同じように「佞喜は肩こり性だから肩をたたこうかあ。」とか、「足が寒がりだから足の先を毛布でくるもうかあ。」などと心配ばかりしていた。ちっとも落ち着かないのは、やっぱりいつもの優しいおふくろであった。

——死に近き母に添寝のしんしんと
　　遠田の蛙　天に聞ゆる——

夜更けておふくろに添い寝しながら、私はふと少年時代に愛唱した斉藤茂吉先生の歌を想いうかべていた。

——ふるさとの山に向ふて言うことなし
　　ふるさとの山はありがたきかな——

——その昔小学校の柾屋根に
　　　　我が投げし鞠いかになりけん——

　これも私の好きな啄木の詩である。そのみちのくの故郷も私の少年時代とは全く趣を異にしている。あのわすれがたい小学校の柾屋根も鉄筋建てに変わり、細いでこぼこ道もきれいに舗装され、まだらだった人家も今では軒を並べ、そして懐かしい人々の心までがかわりつつある今日このごろであるのに……。その中で只一つむかしのまま変わらなかったのは、おふくろの温かい愛情であった。

　翌々日なまり懐かしい停車場から帰りの汽車に乗る。汽車の窓から移り変わる早春の阿武隈山地の残雪などを眺めながら、始めて希望に燃えて上京したあの頃の事などを想い起こし、遠く故郷をあとにした。

　振り返って見ると、私も今年の四月で、消防生活も満二五年になる。

「光陰矢の如し」とか、月日のたつのは全く早いものである。この間、太平洋戦争を始め空襲火災や、軍隊生活、敗戦、食料難、消防改革、結婚、昇任、転勤、病気、水火災等いろいろな変遷や出来事などに遭遇した。そしてある時は喜び、ある時は悲しみ、又ある時は焼夷弾の雨降る中を死線を乗り越えながら、防ぎょにあたり、また感激に胸をときめかしたことなどが彷彿と蘇って、一人感慨あらたなるものがある。中でも特に思いだされることは、私が昭和一九年の春、当時の警視庁消防官を志願した時、「東京は危険だから……」と躊躇した父を「佼喜は馬が嫌いだから、百姓は駄目だ」と言って消防訓練所の入所をすすめてくれたのもおふくろだった。また、敗戦で失望落胆し、生きる気力を失って悄然と復員した私を元気づけ、焼け野原の東京へ再び決意を新たにして戻したのもやっぱりおふくろの強い愛の鞭であった。

思えば、今日までの長い間、何時でも何処でも常に心の支えとなって励まし、悲しみ、そして勇気づけてくれていたのは、やっぱり我が子の幸福を願うおふくろの愛と真実であったということが、今しみじみと感じられ、心の底から頭の下がる思いである。そして深い感謝のきもちを乗せて、汽車は一路東京へ驀進を続けていた。

今日もまた、おふくろからの便りが届いた。「このところ、毎晩佼喜の夢ばかりみるので何か変わった事はないか。病気でもしているのではないか。今度田舎へくるときは皆で来なさい。お土産は何も買ってくるな。支度もふだん着で来なさい……」また「今年は厄年に当たるから守り本尊のお札を受けて、そのうち送るから怪我をしないように……神信心をしていなさい」などと何時ものように、せっせせっせと……。

昔から「親孝行したい時には親は無し」あるいは「子を持って知る親の恩」とよく言ったものである。平素気にかけながらなかなか出来ないものが親孝行のような気がする。私も今までに何度か、今年こそ子煩悩なおふくろを東京見物や静かな山の温泉にでも案内してゆっくりと孝養をつくしたいと思っているうちに、おふくろは既にからだが不自由になり、私もいつの間にか四〇の坂を越えていた。

今、この拙文を書きながら、あの菩提のようなおふくろに、ずいぶんと長い間心配ばかりかけていたのに何の孝行も出来なかった事を今更のようにつくづくと反省し、後悔している。そしてこの事が最近しきりに強く感じられてならない。この先も、もっともっと長生きしてもらいたいと念じている。

「人を恨まず人を憎まず」何でも善意に解釈して、「仕事に全力をつくそう」。それが、私が長い間、おふくろや上司先輩から授かった尊い教訓であった事をいまここに改めて胸に修め、その高く深い御恩に報いるための努力精進を重ねて参りたいと、固く心に誓うものである。そして、これから先も、おふくろのひたむきな愛情に浸りながら、今後さらに「中庸」を心に持って、誠実と情熱と積極性を指標に明日を期待し、可能性を信じ――むだのない人生を築くための思案をまとめて行きたいと思っています。

（東京消防庁機関誌「東京消防」より）

「仏の鎌さん」と言われる鎌田伖喜には、母親タカの、人を思いやる優しさの血筋が引き継がれている。

鎌田伖喜の生まれ故郷の福島県は、七割が山地で二〇〇〇メートル級の奥羽山脈が県の中央を二分している。気候温暖な太平洋に面した浜通り、寒暖の差が激しい中通り、豪雪地で有名な会津と三つの地域に分けられる。

鎌田の生誕地の福島県相馬郡鹿島町は、阿武隈山と太平洋海岸に挟まれた細長い気候温暖な低地帯で農業が盛んな浜通り地域にあたる。

農業が主力産業だった東北地方は、天候によって庶民生活は左右され一変した。福島県も例外でなく、過去の歴史をひも解くと悲惨な事実が浮かび上がる。

天明三年（一七八三年）は天明大飢餓といわれ、長雨と九月に初雪という天候不順が数年間続き、さらに浅間山大噴火で福島へも火山灰が降って太陽を遮る天変地異が続き、餓死者が続発し、身投げや身売りと言った悲劇があった。天保元年（一八三〇年）には、地震と水害で野山や農地が被害、加えて天候不順が数年続き、不作と天災で餓死者が続発、夜逃げが頻発したと言われ、凶作貧乏は農民の宿命でもあった。

また、福島県の政治文化をひも解くと、福島は中央の政治的影響に左右された地域と言える。古く古代では、源　頼朝の奥州攻めで福島は戦場に巻き込まれ、近くでは徳川幕府体制が崩壊して近代日本社会が誕生する明治維新時でも、有名な会津白虎隊悲劇があり、歴史の転換期には福島は中央と地方との激しいぶつかり合う地域となり、様々な悲劇が起きている。この影響を多分に受け、中央権力に翻弄されてきた福島県民は中央の政治文化などの動向に否応にも敏感になり、反応も素早く、新しいものを取り入れる進取の気風が育まれていった。それは一見、中央を意識した「長いものには巻かれろ」的な従順さと見えるが、反骨精神を持ち不屈な思いで目標を成し遂げる人間性を兼ね備えているとも言える。

「消防広報の鬼」と言われる鎌田佐喜には、この福島県人の気風が備わっている。

故郷の四季は先生、おふくろは広報課長だった

「みんな無事だよ。落ち着いてからきなよ……」

福島の実家と連絡がとれたのは、地震後三日が過ぎていた。

だが、福島への交通網は各所でずたずたに切られ、緊急車以外の車の通行の自粛が呼びかけられていたことから、鎌田は帰省を見合わせた。


――老いてなお　郷国の山河に　綿綿たる愛慕の思いを寄せる気が通っている――

小説家、正宗白鳥の言葉を思い出していた。


人間には肉体の生まれた故郷と、心の生まれた故郷がある。

「私のふるさとは、そこにある」

鎌田は目を瞑り、遠い幼い頃の思い出を探っていた。

「ふるさとの四季は、私の先生でもあった」とポツリと口にした。

「厳しい冬は我慢を、新緑の春は希望を、暑い夏は勇気を、実りの秋は感謝と努力を教えて

くれたんだ」と、生まれ育った福島での子供時代の生活ぶりを懐かしむように語りだした。

「俺のおふくろは広報課長だった」

愛する母をふるさとに残し、自分の足で一歩一歩と歩んできた鎌田広報の道を、母タカの想いを込めて、ある時は涙し、怒り、ある時は口角泡を飛ばし、終わりなき鎌田節で熱っぽく語りだした。

第二章　幼き心に沁みこむ言葉

生まれ育った激動の時代

大地が激しく揺れた。

大正一二年九月一日㈯午前一一時五八分、激震が関東一円を襲う「関東大地震」が起きた。

マグニチュード七・九。気象台の地震計の針は素っ飛び、東大の地震計だけが唯一の測定記録として後世に残した。

約一〇万五千人もの死傷者をだした関東大地震から三年後。大正一五年六月二〇日に、鎌田伎喜は福島県相馬郡鹿島町で父留次郎、母タカの間に次男坊として産声をあげた。

「怖かった、百姓には冷害も怖いが地震はもっと怖い」

母タカ、兄利末とともに
（中央が鎌田伎喜）

母親がよく言っていたのを鎌田は幼心によく覚えている。

故郷鹿島町では地震の被害は少なかったが、震災復興のための震災手形が金融恐慌の引き金となり「昭和大恐慌」が始まった。福島県も大混乱に巻き込まれ、銀行閉鎖が相次ぎ、県で四二あった銀行が一一行に激減、福島市内では一行のみという惨憺たる状況に陥り、一家心中や夜逃げ、娘の身売りといった悲劇があった事を聞いたりもした。

デモクラシーの大正時代は戦争景気で沸き、「にわか成金」に浮かれた。しかし関東大震災が浮かれた日本の放漫経済に天罰を下し、大正ロマンは去っていった。そして次代の昭和は恐慌に明け、軍国主義へと突き進むことになる。

鎌田佐喜の幼年期から多感な一〇代の昭和初期は、そんな激動の時代といえた。

✍――（**昭和大恐慌**）――

昭和二年、浜口内閣のもとで実施された金解禁の緊縮政策と世界大恐慌の影響を受け、日本経済が長期かつ深刻な不況に陥った事を指す。

昭和二年の東京渡邊銀行の取り付け騒動に始まった金融恐慌はひとまず落ち着いたかに見えたが、日本経済を立て直すには日本国の体力が弱く、浜口内閣は日本経済建て直し策に「緊縮財政」「産業合理化」「金解禁」を実施した。だが、この「金解禁」策が裏目に出て日本経済に深刻なデフレをもたさす結果となった。「金解禁」は第一次世界大戦中に止めていた金の輸出を再会し、日本円が一定の金と交換可能であり、同時に金の輸出入が自由になることであった。その結果、日本円が大幅な切り上げとなり、さらに、ニューヨーク株式市場の暴落に始まった世界大恐慌が追い討ちをかけ、大幅な生産の落ち込みと未曾有の失業をもたらした。

——✍

「農家はどこもみな苦しかったが、母の愚痴を聞いたことがなかった。貧しい人が来れば自分の食べるものまで他人のために施す、真から心の優しい母でした」と鎌田は懐かしみ、母が繰り返し諭したこの一言は片時にも忘れないでいた。鎌田広報の原点がそこにあった。

——人にはあわれみを求めず
　　人には慈愛の心で接しなさい——

昭和初期は金融恐慌に拍車をかける冷害が農民を苦しめた。

天候不順が長引き、農産物が壊滅する凶作は農家の宿命でもあった。米よこせ騒動や百姓一揆が各地で起きる昭和の初めは暗い時代であった。鎌田家も例外でなく決して楽な生活ではなかった。

鎌田家は代々、農業が専業ではなかった。父留次郎は大工の仕事のかたわら農業を営んで生計をたてる半農の道へ進んだ。厳しい祖父の躾を受けた父留次郎は真面目一方の堅物の半面、酒好きでお人良し、他人に頼まれると「いや」と断れない性格で、留次郎の悪口を言う村人は誰もいなかった。

朝早くから夜遅くまでせっせと働く留次郎の姿を村人たちは知っていた。しかも朝、目覚めると必ずお天とう様に両手をあわせ祈り「感謝の気持ち」を表し、畑仕事が終わると決まって暗くなった畑に向かって頭を下げる、父留次郎の背中を見て育つ鎌田佐喜がそこにいた。

一方の母タカは、相馬藩士で剣道の指南役を任された由緒ある遠藤家から鎌田家へ嫁いできた。真面目で働き者と評判の留次郎の噂を聞きつけ「是が非でもタカを嫁に」と遠藤家が懇願しての結婚であった。

真面目で働き者の留次郎と温厚で慈悲深いタカは、人が羨む夫婦として村人たちは自分の事のように喜び、共に祝杯をあげた。

日本のおふくろ

母タカは、貧しくも決して子供だけにはひもじい思いをさせなかった。そして貧しくとも卑しいことは戒め、清らかな心と豊かな心を母が身をもって教えてくれた。まさに、日本のおふくろであったと鎌田は述懐した。

母に手を引かれ、村の鎮守さまのお祭りに行った時の記憶が、今でも不思議に思い浮かぶと鎌田は語り継いだ。

——出店が並ぶ賑やかな境内から離れた薄ぐらい鳥居の脇に、人目をさけるように幼い兄妹が佇んでいた。楽しいはずのお祭りなのに淋しげな二人は、互いに顔を見合わせながら一つの綿あめを分け合って食べている。母は突然、佊喜を一人残し境内に入ったと思ったら、綿あめを手に持ち引き返してきて、二人の幼子に「子守をしてくれてありがとう、これお駄賃よ、何か買いなさい……」と言って綿あめと一緒に、何かを手渡し、その場を何も無かったように立ち去った——。

そのことが後々まで子供心に残っていた鎌田は、故郷を後にして東京へ行く時に何気なく母に問いただしたら「よく覚えていたね……」とあきれ顔でとつとつと語ってくれたのは

「哀れみをもって金品を恵むのは、時には人の心を深く傷つけることにもなりかねない。子守をしてくれた好意の代償として支払ったのであれば相手の受け取り方も違う……」と諭す言葉だった。

「何事も相手の気持ちになってやりなさい」

鎌田�喜は、母のこの餞別の言葉を懐に抱き、まだ見ぬ東京での一人暮らしを始めることになる。

ふるさとの四季が教えてくれた

福島の冬は純白な世界にとざされ、物音一つしない静寂につつまれた。

村人たちは皆、家の中でじっと春の来るのを辛抱強く待った。

子供たちは暖かな囲炉裏を囲み、父母の聞きなれた昔話や苦労話を聞かされ「冬は大嫌い」と言う。父母はそれを戒め、「冬を恨んでは駄目だ、じっと待つ辛抱が大切だ。人も他人を恨んでばかりでは駄目だ、許すことも大切だ」と教え込む。そんな囲炉裏端教育で家々の家風が形作られ、次の世代へと継承されていく。今にして思うに囲炉裏端教育が今の自分をつくってくれたと私は信じる。鎌田はそう回顧する。

福島の冬は、鎌田の幼心に「忍耐」という二文字を刻んだ。

雪解けの音が春の訪れの足音である。

「ぽとっ――」

雪の中からフキの芽が顔を出し、香りで春の到来を教える。

待ち望んだ春、まぶしい太陽の光に向かって子供たちは外へ飛び出し、雪解け水が流れ込む小川で、子供たちが競って小魚を捕る。草花でじゅうたんのようになった野原を駆け回る子供たちの歓声が山々にこだました。

子供たちは大自然に溶け込み、遊びを通して明日への希望を夢見る。父母は子供たちの歓声を背に、明日への糧を得るために、土を耕し、種をまき、苗を植え、豊作という希望を一心に願い、汗を流す。

春は明日への希望を教えてくれたと思う。鎌田はそう言い切った。

入道雲が阿武隈山にかかる夏。盆地の鹿島の夏はむし暑い。

入道雲に負けじと、子供たちは羽を広げ、まだ知らぬ野へ、山へ、海へと冒険と言う未知の地へと足を延ばす。冒険には危険が付きまとう、だが危険を克服して初めて強く逞しく成長して行く。

私も親の制止を振り切って山に登り迷子になったことが度々あった、その都度、父から叱られたが母は庇ってくれたと鎌田は懐かしみ、夏は「勇気」を学んだと言う。そして勇気には「進む勇気と止まる勇気がある」と母から教えてもらったとも言う。

赤とんぼが群れをなし、紺碧の空を染め、秋を知らせにやってくる。

山々が紅葉に染まり、田畑が黄金色に変わり、果実が実り、枝が折れ下がるように柿が赤く色づき、ふるさとの秋は美しい彩になる。

秋は農家が一番忙しい。稲刈りはどこも一家総出の大仕事、父母の日焼けした笑顔が豊作の喜びを表し、鎌田はその笑顔が一番好きだと言う。刈り終えた田んぼに、父母は両手を合わせ、深々と頭を下げ、豊作の感謝を慣わしとする。秋は鎌田に「感謝する心」を教えてくれた。

迫りくる軍靴の足音

平穏な生活に戦雲が覆いかぶさってきていた。

満州事変、上海事変と、泥沼へ足を突っ込み進む日本。そして国際連盟を脱会し戦争への暗雲は急速に高まり、ついに日中戦争が勃発し、国家総動員法が制定され、世界戦争へと日本は一気に進んでいった。

昭和一六年一二月八日、鹿島の朝はまだ薄暗く底冷えのする寒さであった。夜明けを告げる鶏のなき声が遠く聞こえ、パチパチとかまどで薪が燃える音がするだけの、いつもの静かで穏やかな朝を迎えていた。

朝七時、ラジオが時報に次いで突然に「臨時ニュース」を流した。

「大本営発表、帝国陸海軍は……戦闘状態に入れり……」

この日から死闘一、三四七日にわたる太平洋戦争が始まったのである。

戦争という本当の意味を理解するにはまだ幼い鎌田であったが、その日のその瞬間、何か得体の知れない異様な雰囲気を感じ取っていた。

父はちゃぶ台に箸を置き、座を正し、ラジオを凝視し耳を澄ましている。母はうつむき加減で、時折、悲しそうな眼差しでわが子を見つめている。騒がしかった朝食の座が、シーンと不気味な静まりに変わり、長い沈黙が続いたのを覚えている。夕方には村中で日本の勝利を祝う提灯行列が行われ、鎮守様へ父母に連れられ兄弟と一緒に行った。そこでもいつもの母の笑顔が消えていたのを覚えている。

争い事が大嫌いな母が、理由がどうあれ、人を殺しあう戦争を好むわけが無く、他人に悟られず内に秘めた戦争反対の憤懣を抱いていたと鎌田は言い切った。慈悲深い仏のような心を持つ母の心情を知り尽くしている鎌田は、昭和一六年一二月八日、その日その時、母の心の中は怒りの鬼になったのかもしれないと回顧した。

「鬼も仏もわが心にあり」

争い事を忌み嫌い、怒りを内に秘める鎌田佐喜は、今は亡き母の血筋を継いでいた。

一家を襲った危機

豊かな心を育んだ、楽しいはずの幼少時代は長くは続かなかった。

冷害と不況の影響が、鎌田一家の生活にも重くのしかかってきていた。

父の大工の仕事も減り現金収入が途絶えることが多くなり、食べ盛りの六人の子供を抱えての鎌田家は困窮していた。朝夕と農作業に勤しむ父母だが冷害続きで満足な収穫を得られない「働けど、働けど……」の状態が続いた。

「子供たちだけには貧しい思いをさせたくない、何とかしなくては……」

お人よしの父留次郎は焦った。そこに落とし穴があった。父の元に、降って沸いたような大仕事が舞い込んできた。だが「好事魔多し」で、建築の見積もり額を誤ったことが原因で父留次郎は大損をする羽目になった。家屋敷を売り払っても足りないほどの大きな借金を一人背負い込み、家屋敷のいたる所にべたべたと赤紙が貼られ、六人の子供を抱えての鎌田家の暮らしは明日をも知れないどん底の生活に落ち、鎌田家最大の危機を迎えていた。

「我が家も、夜逃げか、それとも一家心中か」

鎌田は空恐ろしい悪夢を毎晩のように見ては魘された。だが、神か仏のご加護か、鎌田家に救いの手が差し延べられる。

鎌田家の困窮を見かねた親戚筋が借金を代替わりして、どうにか鎌田家の家屋敷が人手に渡ることだけは逃れられた。日頃の父母の勤勉さと人望が信用につながり鎌田家の危機を救った。だが、親戚から借りた気の遠くなるほどの借金返済のために子供たちも働きに出て、総出で鎌田家の家計を支えることになる。

貧しさや人の情け、そして父母の苦労ということを理解できるまでに成長した少年鎌田は、わが子のために身命を賭け、人知れずの苦労を重ねる父母を目のあたりにして、学業の道をあきらめ自ら進んで働く道を選んだ。

長年にわたり鎌田家に出入りしていた行商人が、壁に張られていた鎌田の書いた習字の字をみて「きれいな字だ」と一目ぼれ、群馬県桐生市の繊維会社の事務員としての就職を強く推し進め、鎌田はその場で即断して、親元の加護から離れて「他人の飯を食う」という初の経験をする。

人生の進路

「佐喜、すまんな――。」

やりたかった学業の道をあきらめ、借金返済という重荷を背負い、親の加護という鎧をつけずに何も知らない他人の下に飛び込んでいくわが子に向かって、母が初めて詫びる言葉であった。

生まれ育った故郷を発つ前日の夜、囲炉裏を囲んで、しばしの別れの質素な晩餐会が行われた。母の手料理が唯一のご馳走で「佐喜、たくさん食べろ……」と、自分では箸を手にしないで促す母の目に光るものがあった。

「うまい、おふくろの料理は日本一だ」

鎌田は、すっとんきょうな声を上げ、いつもより多弁にその場を盛り上げようと話しを続けた。

気づくと母が座を離れ一人外へ出ていた。外は満天の星、その下で肩を震わせ嗚咽を抑えている、小さくなった母の後姿があった。鎌田はその光景を今でも忘れることが無いと、声をつぼめて語る。

「一番苦しく、悲しく、つらいのは俺ではない……」

鎌田には眠れない長い一夜であった。


「体だけは気をつけて」

見送る父母の声を詰まらせての一言、いつまでも見送る父母、遠ざかる父母の姿、遠くなっていく懐かしきふるさとの山々。鎌田はその時から父母には絶対迷惑をかけず一人で強く生きて行くことを固く心に誓った。そこにはもはや、幼さが残る少年鎌田ではなく青年鎌田に成長した一人の男としての鎌田がいた。

「逆境は人を強くする」と人は言う。正にこの時、鎌田佐喜は変わった。

「本当の苦しみ、悲しさ、辛さを知った人は、優しい」

この時、鎌田佐喜は「仏の鎌田」と言われる素地が出来ていた。

遠く離れた群馬県桐生市での鎌田は「仏の鎌田」の本領を遺憾なく発揮した。父親譲りの勤勉さと母親譲りの思いやりの心で人に接し、難なく仕事をこなし、信用や信頼といった人間関係を醸成するに欠かせない得がたいもの身に付けていった。

——信用は一日では成らず、信用は一時で失う——

鎌田は親元を離れての生活をしてみて、改めて父母の何気ない一言一言の言葉のもつ重さを感じ取っていた。

故郷を離れても、鎌田は向学心を失ってはいなかった。

先祖がお寺という血が鎌田の中に脈うって流れているのか、先人たちの格言を好み、古本屋で手に入れた格言本を手本に、格言をお経を唱えるように口に出し、自分なりの方法で勉学に勤しんだ。また一方で、桐生市の市立広沢青年学校に入学した。そしてついに成績優秀と誉められ、青年学校三年（現在の高校）の学力資格があるという認定証を貰うまでになった。この認定証が後に思わぬものに役立つことを鎌田は知る由もない。

「勝った、勝った」

ラジオからは日本の連戦連勝の臨時ニュースが流れ、日本中が歓喜した。

しかしそれは連合軍の物量に圧倒され、日本軍が惨敗をしている事をひた隠しにして、国民総武装を企てる日本軍の「うそ宣伝」に他ならなかった。後に「消防広報の鬼」と言われるまでになる鎌田伖喜には、当時まだ「うそ宣伝」の怖さを知るだけの知識も才覚も兼ね備わってはいなかった。今はただ、お国のために一身をなげうって役立ちたいと一途に思い込み、勇んで兵隊になることだけを夢見ていた。

戦局は悪化の一途をたどり、ついに日本本土が敵機による爆撃を受け、日本本土が戦場になってきた。

「欲しがりません、勝つまでは」で、庶民は神の国日本の必勝を信じて、我が家のナベや釜、村のシンボルの火の見やぐらの半鐘、渋谷のハチ公像まで、日本国はありとあらゆる金属をかき集め、戦争兵器増産のためと供出し、飢えと物不足の欠乏生活に耐えた。また学徒動員、少年兵、勤労奉仕、学童疎開などと国民総動員をしての「一億総玉砕」覚悟の本土決戦へと狩り出されていった。

「俺は、これでいいのか——。」

鎌田は日本男児として、未だ空襲もない桐生市という地で一人、鉄砲を持たずに事務職をしていることへの後ろめたさもあり、兵隊へ志願することを決め願書を出した。一方「帝都を護る年少消防官募集」のポスターをみて警視庁へ願書を出し試験結果を待った。その結果、急募の消防官試験の合格通知の方が一足早く、郷里福島県鹿島の実家へ届いていた。

ここに鎌田伎喜の人生進路が決まった。

「がんばってネ」

社員総出で出世兵士を見送るように手を振られ、鎌田は桐生市を後にして父母が待つ懐かしき故郷へと急いだ。

借金の返済の目途もつき、鎌田家に明るい希望が見えてきていた。

✍――（年少消防官）――

首都東京を空襲から守るために消防力の強化が打ち出され、約五千人の消防職員を一挙に一万二千人の増員をさせる計画が決まった。しかし、軍隊への召集や軍事産業に人手がとられ、増員計画は思うように進まず、その解決策として昭和一八年に、従来の二〇歳以上とされていた消防官を一八歳に引き下げ「年少消防官」として採用した。勤務は通信勤務などの軽作業とされ、進学の機会を与えると言う募集文句であったが、実際にはほとんど優遇処置は無視され、むしろ、年少なるがゆえに酷使され、空襲が始まると年齢など考慮されずに決死の消防活動へ狩り出され、多くの殉職者を出した。

――✍

故郷は鎌田を暖かく迎えてくれた。

村人たちも出迎えに出て、口々に「お帰りなさい」と声をかける。

「苦労をかけたネ。」

目を真っ赤にはらした母に笑顔がもどっていた。

「ただいま！」

髪に白いものが増え、一回り小さくなった母の背を抱き、懐かしき我が家の敷居をまたいだ。

「これが我が家の匂いだ」

かまどにかけられた大きな鍋から、ブツブツと香ばしい匂いが鎌田の鼻をくすぐった。

質素ではあったが母の手料理が膳にのり、宴を盛り上げ、久しぶりに鎌田家からは夜遅くまで笑い声が絶えることがなかった。

争いの大嫌いな母は、兵隊でなく消防官になったことに喜びを隠せず「良かった、良かった」を幾度も口に出し、頼もしく成長したわが子を見上げてはうれし涙を流していた。

まだ見ぬ東京へ旅出つ日、故郷の山々は純白に薄化粧をして、鎌田佐喜の船出を祝っていた。

第三章　消防へのいばら道

憧れの消防訓練所は遠かった

ふるさと福島は遅い春を迎えていた。

「体だけは気をつけて……」

別れを惜しむ母タカは、握りしめた鎌田の手を離さなかった。生まれ育った福島県から一歩も出たことの無い母タカは、「生き馬の目を抜く」とまで言われる東京は、遠くて空恐ろしい異国という思いが強く、他国へ一人旅立つわが子の身を案じる一人の母親であった。

別れは寂しさや不安を誰でもが抱く。鎌田自身も一抹の不安があったが、一家の救済という、私的な理由で桐生市へ旅立った時とは異なり、帝都を護る消防官になって「お国に奉公ができる」という気概が不安を払拭していた。

「大丈夫だよ、おふくろこそ元気でナ」

まだ見ぬ東京へ、一通の採用通知書を懐に、鎌田佼喜は一人、未知の世界へと勇躍の旅路をたどる。

ふるさと鹿島のサクラのつぼみも膨らみ始めた、昭和一九年四月一九日の朝である。

列車の窓から流れるように垣間みえる故郷の山々も、あたかも鎌田にしばしの別れを惜しむかのように見え隠れしながら車窓から消えていった。

「聖なる皇居のある首都に、敵機は一機も入れるな」

鎌田が勇躍、東京へ向かうその時、東條英機陸軍大将が飛行師団長に厳命をした。

日本国の「絶対国防圏」内であるサイパン島へ、日本ではいまだ知られていない「空の要塞」Ｂ29が初めてその巨体を見せ、東京空襲のための攻撃基地にするために、米軍機動部隊が総攻撃を開始したのである。だが、ほとんどの日本国民は、サイパン島が総攻撃を受けている事実は知らされず、頑なに日本勝利を信じきっていた。鎌田もその一人で、何も知らぬまま攻撃目標の火中に飛び込んでいったのである。

サイパン島の攻防で日本海軍は敗北し、日本海軍機動

空の要塞“B29”の来襲

部隊は実質的に壊滅して、七月七日にサイパン島は陥落、米軍の手に渡った。日本の領土硫黄島を挟んで、米国が占領したサイパン島は、アッと言う間にB29の基地に早変わりして、攻撃目標の東京を睨んだ。

東京は遠かった

空席が目立った上野行き列車も、東京へ向かううちに次第に混み出し、速度も遅く度々停車するようになり、ダイヤは乱れてきた。新緑間近かの風に包まれた故郷の香りはとうに消え失せ、よどんだ臭いが東京が近くなったことを知らせた。

終着駅の上野に着くと、われ先へと急ぐ人々、長い行列に並ぶ痩せこけた人々、食を求めて屋台に群がる人々、都会の人には笑顔はなくみんな暗い。夢に描いた帝都東京は、明るい色彩は見当たらず薄黒い灰色に包まれ、道行く人も女性はもんぺ、男子はゲートル巻きに国防色の服と、町も人も「贅沢は敵」一色に塗りつぶされていた。

鎌田はそんな人々をかき分け、地図を頼りに国立市にある警視庁消防訓練所へ歩を早めた。

夕日に照らされた木造の校舎が鎌田を迎えた。

鎌田を待っていた訓練所の生活は、規律としごきにも似た厳しい訓練の連続であった。そこは、募集ポスターに掲げられていた、年少消防官の優遇とはまったく無縁のところであった。

「早飯、早糞、芸のうち」を合言葉に、行動は駆け足、準備は五分前に終え、整理整頓、返事は復唱、上官には敬礼と、がんじがらめの統制と規律と命令遵守を叩き込まれ、机に向かっての勉学よりも消火訓練重視の即戦力づくりの訓練に明け暮れた。

「ガソリンは血の一滴」と言われ、訓練用のガソリン使用は厳しく制限されていた。ポンプ車のエンジンを始動させての放水という、消火の基本訓練ですら満足に行えず、穴だらけのホースをいち早く延ばしては結合するという、スピードを競うことを重視したもので、実戦的な訓練とは程遠いものであった。卒業間際に行われる訓練所長検閲という儀式の時に、初めて新しいホースを使い、ガソリンエンジンで唸りを上げるポンプ車からの高圧放水が披露できたのである。

鎌田ら年少消防官は、若さと「お国のため」という気概が、空腹にも耐え二か月間の厳しい訓練所生活を乗り切った。その中に、後まで親交を深める加瀬勇という同期仲間がいた。

情報は疑ってかかれ

卒業即配置で、親友の加瀬勇は東京大空襲の大惨事となる城東区（現江東区）の城東消防署へ、鎌田は品川区の荏原消防署へと勇躍赴任することとなった。

「日本が勝つか負けるかの瀬戸際、今や勉強どころでない」

署長の初訓示が、すでに東京が戦場になっていることを知らしめていた。

昭和一九年七月一八日、サイパン島陥落の責任をとって東條内閣が総辞職して、小磯首相の新内閣が発足していた。もはや日本の勝利への希望は失せ、日本政府は勝利なき戦争終結の道を模索するしかなかった。

「和平か戦争続行か」で迷走を続ける日本政府、だが、鎌田ら若き消防官は日本の勝利を信じ、帝都防衛に熱き情熱をかけていた。

意気高く荏原消防署に着任したものの、東京の空には敵機の姿は見えず、若き消防官たちにとっては、いたってのんびりと、空襲のない消防生活を送っていた。

昭和一九年一一月一日、東京の秋空は透き通ったような青空であった。

「アッ　煙を吐いて落ちていく」

東京の初空襲から二年半、忘れかけた敵機の進入に、都民は防空壕に身を隠すことを忘れて、米軍の飛行機一機が高度一万メートルの上空を、白い飛行機雲を引っ張りながら悠々と飛行する、Ｂ29のワンマン天体ショーを眺めていた。都民が初めて見る飛行機雲を、日本の高射砲で撃たれ、Ｂ29が白煙を上げているものと勘違いをしていたのであった。

攻撃目標の東京の航空写真を撮り終え、悠々と去っていく豆粒みたいなＢ29に立ち向かう日本機は一機も姿を見せずにいた。日本のレーダーには何も捉えられず、「敵機は一機も入れるな」の豪気な意気込みは微塵と吹き飛び、米軍は東京空襲の決行は容易だと判断した。

サイパン島で待機するＢ29の出撃準備が急ピッチで進められた。

「敵は、我が日本軍の高射砲の煙幕にあい、遁走せり」

日本の軍情報部がラジオで放送をした。

目の前で、Ｂ29のワンマンショーを見た都民は、日本の情報を信じようとはしなかった。ウソ情報や情報の隠蔽などで、次第に懐疑的になっていく国民。日本軍が発表する情報の信用は遠のき、空襲の被害を増大させる結果にもつながっていったのである。

「なぜ、もっと早くサイレンで知らせてくれないのか――。」

鎌田は、この時、情報が持つ怖さを感じ取ったのである。

「人を疑ってはいけない」

お人好しと言われた父母の教えが、骨の髄までに浸み込んでいた鎌田が、情報に疑いを抱いた。死と隣り合わせの消防手という仕事を通して、「情報は疑ってかかれ」と言う、もう一つの情報の意義をも考えるヒントになったのである。

敵機がやってきた

ついにその日が来た。

鎌田消防手が初めて体験する空襲は、昭和一九年一一月二四日である。

米軍は当初、東京空襲決行日は一一月一七日と極秘で決めていた。だが、海上に居座る大型台風の影響などで延期され、台風一過の好天となった二四日午前六時一五分、爆弾を積み込んだ九四機のB29が次々と東京へとむかったのである。

迎え撃つ日本は、前回の監視体制の失敗を修正して、レーダーで大編隊をキャッチすることができ、待ち構えていたゼロ戦機が迎撃に飛びあがった。だが、飛行高度一万メートルと時速二二〇キロのジェット気流に阻まれ、日本軍の戦果はB29五機を撃墜するに止まった。一方の米軍のB29も、乱気流に巻き込まれ、目標地点を捉えきれずに、散発の爆弾投下で引き返し、サイパン島からの東京初空襲の成果は上がらなかったのである。

荏原消防署で警戒中の鎌田が一人望楼で見張り中に、突然、轟音と共に敵機がその頭上を通り過ぎていった。その時、鎌田は初めて空襲警報のサイレンが鳴ったのを聞いた。

鎌田は初めて死の恐怖にふるえた。

「なぜ、敵機の飛来情報を知らせないのか」

九死に一生を得た安堵感と同時に、行き場のない怒りがこみ上げた。

その後も、東京は連日連夜の空襲が続き、昭和二〇年三月一〇日の東京大空襲では、鎌田は、品川区から都心の日比谷方面へと応援出動した。

当時は、無線機もない荏原消防署のポンプ車は、いったん出動してしまえば情報は途絶え、指揮統制が不能に陥る。しかも、ナビゲーターのない時代、突然の応援で、遠く離れた不慣れな地域で消防水利を探すのは至難の業であり、おのずと消防活動は遅れざるを得なかった。

新橋付近の大火流に巻き込まれ消火活動を行うが、劣勢な消防力では防御不可能と判断した隊長は消火を断念、日比谷方面へと転戦を開始した。

「御成門が燃える」

避難民の声が聞こえた。だが、消火不能と判断した鎌田らは、燃え盛る中を突破して、海軍の「水交社」への延焼防止に終始した。

その頃、東京の下町、本所・深川・城東などの一帯は、大挙して襲来したB29のジュータン爆撃で、徹底的に焼き払われ、わずか二時間半の空爆で死者一〇万人以上を出す大惨事となった。その中に、消防隊員や民間の消防団員（当時は警防団）そして学徒消防隊員らが消火活動中に、水が枯れ退路を断たれ矢尽きて多くの殉職者を出していた。

鎌田の親友加瀬勇も惨事の真っただ中にいた。出動したポンプ車は猛火に囲まれ炎上し隊員全員が焼死し、加瀬ただ一人、大火傷を負い、汚水の中でひん死の重傷を負い倒れていたのを運よく発見され九死に一生を得ていた。加瀬は半年の長い生死をかけた闘病生活を終えたが、同僚の死が心痛となり心も癒えず、更に利き腕の右指五本が曲がりロープやホースが握れないといった消防士にとって致命的な障がいを持つ身になっていた。加瀬はついに消防の退職を決意した。自分が障がい者になって初めて、障がい者の苦悩を知り障がい者の援助を一生の仕事とすることにしたのである。後に市議会議員（四期一六年）となり福祉・防災行政に力を入れた。そして親交を深める鎌田に身をもって防災福祉の必要性を訴え続け、鎌田も加瀬の話に耳を傾けた。鎌田の防災福祉の原点がそこにあったのである。この時、鎌田は加瀬勇との運命的な絆を知る由もない。

真っ赤に染まった東の空を見上げ、東京が火の海になるのは、もはや時間の問題であると、鎌田は悟ったのである。

「おい、鎌田に召集令状がきたぞ、すぐ家へ帰れ」

ついに来るものが来た。すでに鎌田には覚悟はできていて、身一つで汽車に飛び乗り鹿島の実家へ急いだ。

鎌田が荏原消防署を離れた後、米軍は本格的に、日本本土の焦土作戦を開始した。

名古屋を皮切りに六大都市の猛爆を続け、燃え尽きた名古屋は米軍の攻撃リストから外れた。そして鎌田が去った品川、荏原の城南地域を、今までに無い数で三月一〇日の一・七倍にあたるB29五六二機が、東京に最後のとどめを刺しに襲来した。鎌田の入隊する五月二五日と入隊日前日の二四日の二日間で6、900トンの焼夷弾を使い果たし、焦土と化した東京は、米軍の焼夷弾攻撃のリストから消された。

悲しみにくれる死体搬出

二五日には絶対死守の皇居も炎上し、ポンプ車四二台を焼き、消防官二五名の殉職を出していた。

鎌田が、終戦後、荏原消防署へ復帰してからも、噂話では聞いてはいたがこの空襲の事実を知らされることは無かった。当時の年少消防官の鎌田には、情報とは命令と同じに上部から下りてくると思っていたが、次第にそれが誤りだと薄々気づき始めてきていた。

戦時中の空襲報道は厳しい統制下におかれ、国民の言論と報道の自由を奪っていた。戦後になっても占領軍の言論統制によって空襲の実態は公表されず、「もう、戦後ではない」と言われた昭和三〇年代に入り、ようやく「東京空襲」が語り出され、鎌田が空襲の実態を知るのも遅く、三〇年代の半ばになってからであった。

そして鎌田は、情報は得るものであり、情報に貪欲な人に情報が集まり、情報に無関心な人には集まらないと言う事を実感する。しかし、その事を実感するにはもうしばらくの時間を鎌田には要した。

知らされぬ終戦

鹿島は五月晴れ、豊饒な田畑には若い芽が息吹き始めていた。

母タカは目を真っ赤に腫らし、無言で鎌田を出迎えた。

再会の喜びではなく、兵隊へ狩り出されることへの切ない母親の心情が鎌田には痛いほど分かっていた。

昭和二〇年五月二五日、会津若松部隊へ鎌田は入隊する。

母は物陰に隠れてわが子をそっと見送り、遠ざかる後姿に両手を合わせ、無事をいつまでも祈り続けていた。

戦局はますます悪化し、本土決戦の気運が高まった六月、会津若松部隊は妙義山のふもと群馬県松井田へと駐屯地を移動し、小学校校舎を宿舎にしての訓練を始めた。

連日の敵機の攻撃を受け、戦場になった東京を遠く離れ、敵機一機もやってこない安全な松井田の地は、澄んだ空気と清らかな水に恵まれた夏涼しい快適な避暑地でもあった。

危険な東京を離れ、安全な田舎へと学童疎開が盛んに行われ、空襲の際に足手まといになる老人や妊婦なども地方への疎開を促進する一方、東京脱出で労働人口が減少するのを食い止めるため、東京を離れる流出者は届出制にして人口流出の抑制策を実施するなど、国内の混乱が高まる時勢に、有無を言わせない軍事優先の国策が強行されていた。

疎開者が増え、安全でしかも涼しい恵まれた場所での鎌田らの軍事訓練が毎日行われた。

「消防訓練より何倍も楽だった」と鎌田は懐古する。

鎌田は初めて実弾射撃を試み、たったの一回の実弾訓練をしただけで鎌田は日本の敗戦を知る。

昭和二〇年八月一五日、重大放送があると国民は早朝から知らされていた。

だが、なぜか鎌田ら兵隊にはその重大なことは知らされず、朝からジリジリと真夏の太陽が照り付ける軍事訓練所へと向かっていた。

一二時きっかりに、歴史的な雑音入りの玉音放送が流された。

天皇の声を初めて聞く国民は、ただ敬い頭をさげて耳をそばたてた。

「神風が吹いて、必ず日本は勝つ」

そう信じきっていた多くの日本人は降伏という事実を知ったとき、膝を折り、うなだれ、泣いた。そして新聞やラジオは「日本に占領でやってくる敵は、略奪と戦利品あさりをする」との陸軍の警告を伝えていた。

疲れきった日本人のほとんどが、終戦のニュースを聞いて意気消沈し、どうしたらいいのか分からず、敗戦という事実だけを、ぼんやりと受け止めていた。しかし一方では、爆撃が終わり灯火管制も無くなり夜も安心して寝られると安堵する人々も多くいた。

そんな混乱と動揺でゆれる時、何も知らない鎌田らが訓練を終えての帰路の途中、やっと異変を感じ取った。松井田の町は静まり返り、いつもなら頭を下げて迎えてくれる人々は、肩を落とし、うつむき加減で兵隊に目を背け、いそいそと立ち去っていく異様な光景であった。

「何だ――？　どうなってんだ」

それに応える人は誰もいなかった。

宿舎に戻っても上官からは何ひとつ説明もなく、敗戦の報を聞いたのは翌日の朝になってからであった。

「何に――。」

驚きと怒りが渦巻いた。

「馬鹿にしやがって――。」

怒りの矛先は上官にも向けられていた。

「勝った、勝った」の都合のよい情報は知らせるが「負けた」という情報は隠すというご都合主義がまかり通る時勢に、鎌田はやっと気づきはじめていた。

行政広報とか情報公開といった言葉が聞かれない時代、後に「消防広報の鬼」といわれる鎌田ですら「宣伝」に踊らされ翻弄されていたのであった。

「君たちの任務は終わった、直ちに帰宅しなさい」

鎌田は着の身着のままで列車に飛び乗り、松井田の町を後にした。

消防へのいばら道

ふるさと鹿島は何も変わってはいなかった。

「感謝」を教えてくれたふるさとの秋が目の前まできていた昭和二〇年八月の末、眼前に広がる田畑には、刈り入れを待つ稲穂が頭を下げ鎌田を迎え、阿武隈山脈には夏の終わりを告げる入道雲がかかっていた。

「ただいま、今帰ったよ」

敷居をまたぐと母がびっくりした顔で「佞喜か……」と身体を揺すりながら鎌田の腕を何回も大きく振り、満面の笑みをうかべ喜びを表した。

「さあ、風呂に入れ」

久しぶりに我が家の風呂につかって、しみじみと幸せを実感した。

母が夜なべで縫い上げた真新しい浴衣を着て、たたみの上で大の字になって寝転び、天井を見上げて、忘れていた格言を口ずさんだ。

——僕の前に道はない
　僕の後ろには道は出来る——

詩人　高村光太郎の先頭を歩もうとする人の人生観を示す言葉であった。

「俺は何をやるべきか……」

鎌田は自問自答をくり返した。


無条件降伏した日本へ占領軍がやってきた。

巷では「戦争に加担した兵隊はみな去勢され、奴隷にされる」「日本女性はみな蹂躙される」という噂がまことしやかに囁かれていた。

勝利を信じていた鎌田には敗戦は屈辱でしかなかった。日本の空に敵機が舞うことがなくなり、平和という幸せを実感するも、得体の知れない虚脱感が抜けきれず、家にこもり、外に出ることもはばかる鎌田であった。

「佐喜、東京へ行って、お国のためにやってこい」

母タカのひと言が鎌田を立ち直させるきっかけになった。

鎌田の胸中を母タカはとっくに見通していたのである。

「おふくろには負けた、やはり母は日本一のおふくろだ——。」

東京には食べるものが無いことを知っていた母タカは、リックに、米、豆、干し芋、スルメなど保存がきく食べ物をせっせと入れ込み、いつものように「体だけは気をつけろ……」と大きくなったわが子の背中を押した。

稲刈り準備で多忙な昭和二〇年九月、廃墟と化した東京へ鎌田は意を決し勇躍して行く。しかし鎌田の消防人生は決してバラ色の道でなく、険しいいばらの道でもあった。

ゼロからのスタート

東京は荒廃していた。

上野行きの列車はすし詰めだった。しかも窓ガラスは破れ、その窓からも乗客が出入りしている。鎌田は噂には聞く「買出し列車」の凄まじさを初めて経験して度肝を抜く。それは、窓にも人が鈴なりにぶらさがる状態の殺人的な混雑ぶりだけではなく、生きるためにはなりふり構わぬ必死な人間の強さに驚嘆した。

終着駅の上野に着いたのは予定より遅れての夜遅くであった。

「手入れだ――逃げろ――。」

両手に風呂敷包みを持ち、脱兎のごとく逃げる女性。明日の食事にも事欠き餓死者がでる貧しき敗戦国日本の実像を見せ付けられた。

明日は我が身と、生き抜くために農家と物々交換をして得た貴重な糧を、みすみす没収されまいと、追っ手の警察官から逃れ、八方に散っていく人々。逃げ去った後には、線路沿いに、赤い鼻緒の下駄、さつま芋、米に大豆などが転々と残されていた。

慎ましくおしとやかさを伝統とする大和撫子が、家族の生存のために、その美徳をかなぐり捨て、他人を押しのけ、分け入り、食を確保する姿に鎌田は目を見張った。

「人間って凄い」

鎌田はこの時すでに、広報の原点とも言うべき「物より人」に視点をおいてものを見て判断をする感性を身につけていた。その感性こそ母タカから引き継いだ熱き血が、鎌田の身体の中に流れていたのである。

広報で伝える相手は生身の人であることを、鎌

空襲で焼け野原と化した墨田区と江東区
（手前に残っている丸い建物は旧国技館）

田は知らず知らずのうちに心の中で熟され、身につけ、成長していたのである。

「人を見て法を説け」

鎌田は、女たちが警察官の手から逃げきって欲しいと、闇に消えて行く女たちの後ろ姿を目で追った。

「おい君、そのリックの中身は何だ？」

最後にホームへ降りた鎌田は同年輩の若い警察官に職務質問をされた。

「人を見たら泥棒と思え」の東京での第一歩が不審者にみられた鎌田。ポケットから証明証を出し「警視庁のものです、復員して職場復帰するのです」と言うと「ご苦労さまです、お気をつけて」と馬鹿丁寧な返事と敬礼をして立ち去った。かっぱらいや置き引きなど治安の悪い東京での心得を警察官が教えてくれたものと、鎌田は手を上げお礼の返事をした。

ムッと吐き気をもよおす薄暗い地下道には、目だけがキョロキョロとした薄汚い子供たちがたむろしている。一方では、はだけた胸に幼子を抱え物欲し顔で道行く人をぼんやりと眺めている女もいる。

「うッ――。」

鎌田は言葉を失い、いたたまれない気持ちで、目をそむけて足早にその場をはなれた。

勇躍して東京へ舞い戻ったその日、鎌田の目に最初に映ったのは、紛れも無い敗戦国日本の姿であった。「これからやるぞ」という気持ちと「東京へ来たのは誤りだったのか」という気持ちが入り乱れ「福島で百姓をやっていたほうが良かったたか」と自問自答しながら、暗くなった夜道を重い足取りで宿舎へと向かった。

上野の地下道では毎日のように餓死者がでる昭和二〇年九月。日本中が占領という屈辱と飢餓を味わう惨めな時代であった。

荏原消防署は焼け残っていた。

懐かしき消防仲間も無事で、互いに再会を喜び合った。

だが、たった一年で東京の街は一変し、見渡す限り焼け野原が広がっていた。焼け残ったビルはどこも日本へ進駐してきた連合軍が有無を言わせずに日本人を追い出し、ビルを強制収用して使用し、日本人は雨つゆをやっと凌げる焼けトタンで囲ったバラック生活をせざるを得なかった。

「燃えるものが無ければ消防は無用」

鎌田は焼け野原になった東京の街を見渡しては、自分が選んだ消防の未来に不安を抱かざるを得なかった。

広報の鬼が目を覚ます時

昭和二〇年八月三〇日、米国のマッカーサー元帥がパイプを片手に厚木飛行場へ到着した瞬間から日本国では日の丸の旗が降ろされ星条旗の旗がはためき日本への占領政策がはじまった。そして無条件降伏した日本国は、戦勝国を代表するＧＨＱ（連合国軍最高司令官総司令部）の命令には絶対服従をしなければならなかった。

✍ ――（ＧＨＱ）――

「連合国軍最高司令官総司令部」の略で、日本が敗戦し無条件降伏をしたことにより、日本の軍事、行政、経済など全般にわたる根本的な解体と再編成を断行するために、戦勝国を代表して米国のダグラス・マッカーサー元帥を司令官として組織された連合軍最高司令部のことで、接収した日比谷の第一生命ビルを本部にして日本の占領政策を昭和二七年の対日平和条約、日米安全保障条約などが発効するまでの間、多くの指令を発令され、戦後の日本国の方向げ決定された。消防担当には米国の陸軍大佐、ジョージ・Ｗ・エンジェルが主席消防行政官として昭和二六年まで滞在、今日の近代消防の基礎を築き上げた功労者として伝え語られている。

皇居を眼下にした第一生命ビルを本部とするＧＨＱが、日本国に対するすべての権限をもっていた。

日本の軍国主義を徹底的に叩き壊し、民主主義思想を徹底させる占領政策を有無をも言わせずに強力に断行した。日本軍隊を解散させたのを始め、軍国主義を推し進めた特別高等警察を解体、治安維持法の廃止、さらに全国警察の首脳らの罷免を命じ、警視庁では警視総監以下７００余の人が公職追放された。警察の配下にあった東京の消防も例外で無く、空襲火災に備えて膨れ上がった人と機械を減らされ、幹部職員の半分と他の消防官の三分の一を削減せよと厳しい命令が下されたのは終戦の翌年、昭和二一年二月一五日であった。

空襲火災では孤軍奮闘し、消防署長や幹部も含め多くの殉職者まで出しているのに、警察より多くの首切りをするのは消防蔑視だと、内務省官僚に食って掛かる消防官もいた。ＧＨＱの問答無用で強力に押し進める警察改革に対し、警察の弱体化を少しでも防ぎたいという警察官僚の思惑がからんでの苦策の処分でもあった。

「消防は昔から消防士でなく消防手（て）と言われている、だから、手足があれば頭はいらない……」と内務省官僚は言ってのけ、消防の抗議は一笑にふされた。

「消防の近代化の敵は内にあり」であった。

「なに――。言った奴は誰だ――。」

後にこの話を聞いた時、鎌田は烈火のごとく怒った。そしてそれは鎌田の身体の中に眠っていた広報の鬼が目を覚ました時でもあった。

「消防をもっと理解させる努力が必要だ」

自ら「消防のセールスマン」と称して鎌田節を武器に奔走することになる。

だが、鎌田の出番にはもう少しの時を必要とした。


消防官の大幅な削減に続き、ＧＨＱは更に東京の消防へ、注文や改革をせまっていた。

占領でやってきた進駐軍兵士を火災から守れという命令で、グランドハウスという名の急造した進駐軍兵士の宿泊場所に、特別消防所を造らされ、数少ないポンプ車と隊員に二四時間の寝ずの勤務を強いるなどの指示命令がなされた。「消防に国境がない」と言われていた事が民主主義を唱えるＧＨＱという権力者によって一挙に消し飛ばされ、戦争に負けた日本人より勝者の兵士を最優先した人道上にも劣る命令だと一部批判があったが無視され、都内の火災警備力が極端に低下した。日本国民を満足に守れない消防に、歯ぎしりして悔しがる消防官も敗戦国の宿命だと、自分を戒め無念の涙を流した。

ＧＨＱの権限は巨大で強く、日本国政府の抗弁は一笑にふされ無視された。

だが、執拗に食い下がる、誇りをもった政府官僚もいたが、昨日まで憎き敵であった者に、手のひらを返すように媚を売り、言われたことに頷くだけのイエスマンに成り下がった弱腰の日本人もいて、日本人同士が、時にはいがみ合い、意見の相異が生じることも多々あった。

ＧＨＱと消防との激しいやり取りが行われていた時、鎌田は荏原消防署で空腹に耐えながら勤務をしていた。

就任してまだ日の浅い消防手の身分では、ＧＨＱとの激論は程遠いところでの話しで、詳細な情報は鎌田の耳にはとどくことはなかった。当時は、若い仲間たちと「明日の消防はどうあるべきか」と未来の消防像を語り合うことも少なく、それどころか「明日の飯をどうするか」と言った事の方が切実な問題でもあった。

その日その日を無為に過ごすことが多くなり、無力感に襲われることもあった。そんな鎌田の気休めになることは、三畳間の狭い部屋に寝転び、壁に張っておいた鎌田の好きな格言を書いた紙切れを眺めては、その格言の持つ意味を考えているときであった。

――人を恨まず　人を咎めず――

鎌田は目を閉じ、一人、繰り返しつぶやいていた。

消防のセールスマン

「おい鎌田、署長伝令に抜擢だぞ」

突然の勤務替えとなった。昭和二一年四月一日付けの辞令である。

伝令とは秘書と同じ役で、署長のスケジュール調整を始め、身の回りの世話など機転と勤勉さを必要とした。日頃の勤勉さと人を思いやる優しさが署長伝令に抜擢された理由であった。

署内に向けていた目を署外へ向け、管内の有力者などと接する機会が多くなり活き活きとした鎌田消防手の姿に戻っていた。変わらぬ笑顔で相手の目線で対話をする鎌田節に人々は親しみを持ち、いつしか「鎌田の話はおもしろい」と話題になっていた。

昭和二一年一〇月二日、ＧＨＱの強い指示で戦後初の「火災予防運動」が実施された。敗戦で意気消沈の国民を奮い立たせようと言う意向があり、芸能人を使っての火災予防芸能大会とか街頭パレードと言ったアメリカ方式の色彩が濃い運動が展開された。鎌田も防火座談会に出てはユーモアのある鎌田節をして町の人々に笑いを誘った。

鎌田は知らず知らずに「消防のセールスマン」に育っていったが、まだ昔からの「火の用心」だけの「宣伝」の枠から抜け出せずにいた。


「おい鎌田、本部に栄転だぞ」

突然の転勤命令がきた。署長伝令一年目の昭和二二年四月一日付けの辞令をもって東京のど真ん中、千代田区霞が関の警視庁本部庁舎へと勇躍して走った。

皇居前の広場の松が緑鮮やかに映える途中で、急ぐ足を止めた。目を向けると皇居を見下ろすように、八階建てのＧＨＱ本部の屋上には星条旗がたなびき、占領国の威厳をこれ見よがしと誇示していた。

桜田門のまん前にそびえ立つ、厳粛な構えの警視庁には日の丸の旗は無かった。正面玄関には丸腰でゲートル巻きした小柄な日本人の警察官と、腰に拳銃、アイロンがきいたワイシャツをびしっと決めて立つダンディな進駐軍のＭＰ（憲兵）が並んで警護をしていた。それは、あたかも勝者と敗者の差を見せ付けられているような感じであった。進駐軍は日本の内乱を警戒し、警視庁内に素早く連絡室を設置しＭＰを常駐させ監視の目を光らせていたのである。

東京のど真ん中は、日本が戦争に負け、占領されていることを鎌田は実感した。

広報の恩師との出会い

警視庁の正面玄関から、鎌田は負けじと、虚勢をはって胸を張り一歩中へ踏み入れた。中に入ると汗ばんだ身体に程よい冷気を感じ高ぶる気持ちを静めてくれた。

消防部機械課、鎌田の新しい職場である。自分には不得手な機械を相手の仕事だけに「俺が、なぜ」と疑問がわき、人を相手ならと戸惑いをもって、恐る恐るドアのノブを回した。

「君が、鎌田君か」

細面で澄んだ目をした映画スターのような色男が鎌田を迎え出た。

鉾田昇(ほこたのぼる)、人呼んで「仕事の鬼」と言われていて、鎌田の人生の師となる当事の機械課長であった。この出会いを最初に、消防生活で四回延べ一一年もの上司と部下の関係で仕事をすることになる。

緊張する鎌田を前に鉾田課長は延々と最近の消防事情を論じる。

「こりゃすごい」

鎌田は上司である鉾田課長の消防へ寄せる並々ならぬ情熱を感じとった。それは荏原消防署にいては知りえない最新の情報を直に聞かれる驚き、しかも階級が一番下級の消防手に向かって、ＧＨＱとの極秘とも取れる難航する折衝話などをめんめんと語られるのには恐れ多く身をかがめて聞き入った。

困ったのはトイレ休憩もない、人の都合を度外視した長話しである。雄弁な鎌田節も形無しの饒舌には終わりが無かった。

鉾田課長が、だれかれを問わず、所構わずに消防談義をする事から、いつか「鉾田学校」と呼ばれるようになった。この鉾田学校で「消防には頭はいらぬ」の屈辱的な話を聞くことになる。

「消防の事を知って欲しい」

鎌田の言う「消防のセールスマン」を寝食も忘れて実践している人に出会ったことに、鎌田はわが意を得た気持ちであった。

鎌田は秘書という立場から、鉾田学校の生徒一号とならざ

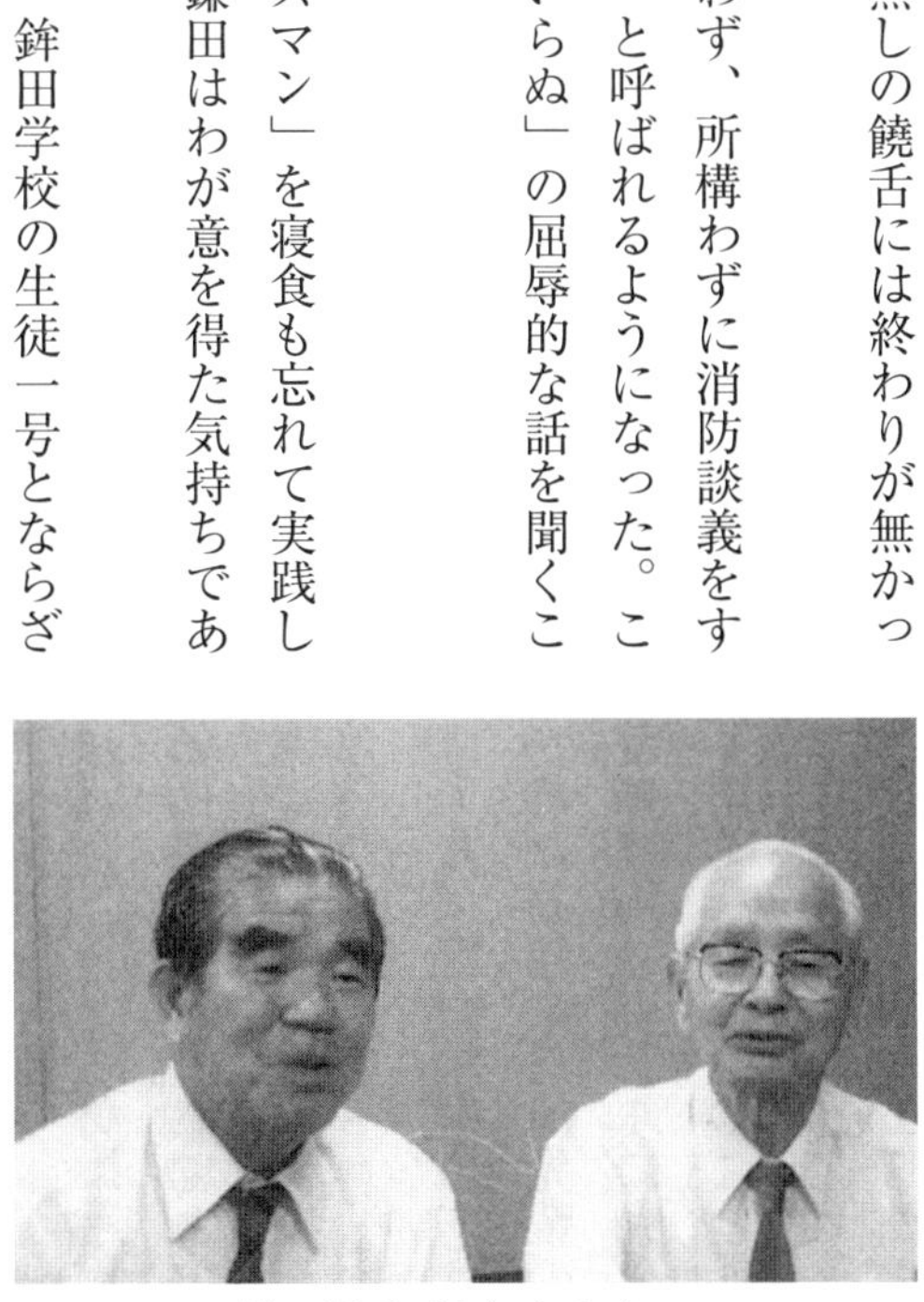

鉾田昇氏（右）とともに

るを得ず、休みなしの鉾田学校を皆勤でやり過ごした。その結果、鉾田学校で得たものは鎌田の消防人生の基礎となっていった。さらに鉾田課長の人脈も幅広く、消防手の身分である自分が、今まで雲の上の人と思っていた人と出会い、時には直に話しが出来るという、願っても無い事ができるようになり、鎌田は柔軟な思考をすることを身につけ、消防以外の人との人間関係を広げ交流を深めていった。

消防官の人員削減騒動も終わり、新生消防のスタートを切るべき時がきていた。戦後初の昇任試験が始まったのである。

鎌田は消防曹長試験に、空襲火災に備えて急募された年少消防官として試験の難関に挑んだ、年少消防官三人が難関を突破し「年少組は、これからどうなるか」と注目されてもいた。

「鉾田教室」を卒業して品川消防署へ消防曹長の新しい階級章をつけて赴任した。荏原から応援できた空襲火災の焼け跡を見て回ったり、活気のいい品川の戸越銀座商店街で買い物をするなどぶらつき、独身生活を楽しんでいた。

その間、ＧＨＱの占領政策によって消防改革がすすみ、東京の消防は劇的な姿に変貌した。

昭和二三年三月七日、消防組織法が施行され永年の念願であった警察の配下であった消防が自治体消防として独立。警視庁消防部から東京消防庁となり、トップが消防総監と名が変わり消防手が消防士になった。七月二四日には消防法が公布され「火を消すだけの消防から火災予防の消防」へと近代消防への基礎が確立する。

日本のある高名な文化人は「自国の政府が当然国民に与えるべきであった自由が与えられず、自国を占領した他国の軍隊によって初めて自由が与えられた。日本人として恥ずかしいきわみだ……」と語った。

日本消防の近代化も、民主化の波に乗りＧＨＱの強引ともいえる行政改革の恩恵によるものでもあった。

民主主義の先進国の米国人は、一般大衆の関心事や動向には特に敏感で、事を起こす際には事前に大衆の意向調査などその結果や反応などを把握して、「よし」と判断するや即決行という特質を持っていた。それに反し日本は上意下達（じょういかたつ）の権威思想が古き時代から受け継がれ、民衆無視の強引な権力行政を強行していたと言える。

「消防広報の原点は、大衆の動向を掴むことにある」と鎌田は言い切った。だが、鎌田が消防広報を展開するには、まだ幾つかのハードルを越えなくてはならなかったのである。

第四章　マスコミへ体当たり

独立はしたけれど

消防が変わってきていた。

火事を消すだけの消防から、火事を予防する消防に変わった。

警視庁消防手が東京消防庁消防士に名も変わり、鎌田も消防曹長から消防士長になった。

制服も階級章も消防署の看板も変わった。変わらぬものは相変わらずの食料難と雨漏りのするおんぼろ庁舎であった。

街には失業者があふれ、ガード下や橋の下には浮浪者がたむろし、アメリカからの食料援助が無ければ生きてはいけない日本は、正に、衣食住で国民生活が危機的状況下であった。そんな困窮した日本国には、新しく誕生したばかりの東京消防庁にまでに振り分けるだけの財力は限られていた。

椅子机はあっても数少なくすべてが共用、火事を消すだけの消防の名残の「待機室」を事務室として使い、細長い木製の台を事務机用と食事用に使い分け、寝る時には台を片付けて、食道兼事務室兼寝室兼休憩室とするなど辛抱々々の時代が続き、「消防は変わった」と胸を張って言えるにはまだ長い年月を必要としていた。

「鎌田、本庁へ栄転だぞ」

昭和二五年四月、総務課文書係への辞令であった。

「鎌田君、久ぶりだな」

恩師の鉾田との再会である。手八丁口八丁の鉾田は、念願であった警察から消防が独立したからと言って安閑としてはいられなかった。

消防の独立を明らかにすべく制定した消防組織法第八条で「消防に要する費用は、自分たちの市町村で負担」となり、財政難で苦しむ地方の消防では「理想と現実」に挟まれ、財源をどうするかと言って現実的な問題が頭痛の種となっていた。

✍――（**消防組織法第八条**）――
消防組織法第八条「市町村の消防に要する費用は、当該市町村がこれを負担しなければならない。」
――✍

困り果てた全国の消防関係者は上京しては東京消防庁へ苦境を訴え、善処策を求めてきていた。その矛先の多くが、鎌田の恩師でもあり、消防に熱き情熱をもつ熱血漢の鉾田に向けられてきていた。

鉾田は戦前から設立されていた「六大都市消防懇談会」のメンバーらと話し合い、そこで出た提案が「市町村消防が全国的な組織を作って様々な問題を検討し改善方策を考えよう」となり、全国の消防長へ参加を呼びかけ多くの賛同を得て「全国都市消防長連絡協議会」を発足させた(昭和二四年五月一四日)。後に「全国消防長会」と名をかえ(三六年五月三〇日)、鎌田の念願とする全国の消防広報の充実に寄与することになる。

鎌田の新しい勤務先は総務課文書係となってはいるが、事実上はこの「全国都市消防長連絡協議会」の事務を兼務することであった。「鉾田学校」優等生の鎌田を良く知る鉾田が「鎌田が最適だ」と強く推薦した結果だといわれている。

鎌田は全国の消防長を相手の仕事にも臆することなく、恩師鉾田の期待に応え、勤勉で温厚な人柄で全国の消防長の輪に溶け込み信頼を得る。そして東京という地の利を生かして、東京消防庁が先頭になってでも、国民に全国消防への理解と協力を得る広報活動の必要性を痛感する。だが、未だ終戦後の日本は復興の途上にあり、広報を理解している人はごく一部の層の人でしかなく、消防界にも「広報どこではない——。」と未だ消防広報に対する理解が熟してはいなかった。

鎌田の希求する消防広報の前途はいばらの道であった。

甘い新婚生活と渋い東京都庁生活

総務課勤務一年、消防司令補への昇任試験に合格、そして全国都市消防長連絡協議会も軌道に乗り、順風満帆の鎌田に昭和二六年五月、今度は東京都庁へ出向という思いがけない辞令が降りた。

東京都行政部が鎌田の赴任先で、東京都と東京消防庁との連絡調整が主たる任務である。物怖じしない鎌田の性格を知っての出向で、着慣れた制服から背広へと替わり、宿直のないサラリーマン生活を経験することになる。

鎌田佐喜二六歳、青春真っただ中、結婚適齢期を迎えていた。

ふるさと相馬郡上真野村（当時）では鎌田の知らぬところで、結婚話が持ち上がっていた。

同じ相馬郡八幡村でも名の知れた旧家で藩士の青田家。藩主が野駆けの時に休憩所として使用していた由緒ある家柄で、適齢期の青田保子がいた。その青田家の隣に会社員が住んでいたが井戸はなく、青田家の井戸水を使用させてもらっていた。物静かな保子をみて「いい、嫁さんになるな」と会社員は気に止めていたが、会社の人事異動で遠く離れることになった。「縁は異なもの」で、会社員が引っ越した先が偶然にも鎌田家の隣。そして、鎌田家の井戸水を利用させてもらうことになる。青田家の水と鎌田家の水を味わう会社員、美味しい水の話から「消防士」の話へと発展。水が取り持つ縁がきっかけで、保子と鎌田�喜の話へ飛んでお見合いの話となる。

しっかり者の保子。親戚に警視庁警察官がいるのを幸せとばかりに、花婿となる鎌田の素性調査を依頼、「えびす顔の人には、悪い人はいない」と合格の通知を受けて晴れて結婚の運びとなる。

消防だけに「水が取り持つ縁」で結ばれた二人は、幸せ一杯の新婚生活をスタートさせる。保子夫人の賢婦ぶりはうるさ型のマスコミにも知られ、時には「プロならペンで書きなさい」と記者に諭し「素人に記事の書き方を教わった」と記者が脱帽したとの後日談もある。

「俺は、何と果報者なんだ」

借金返済が済んだ大工の父留次郎が家を建て、新居での甘い新婚生活を送る鎌田は、都庁の友人らに開けっ広げののろけを平気で口に出し、独身男性に羨ましがられてもいた。

愛妻弁当を持参しての出勤、帰りは有楽町駅のガード下での情報交換と称する一杯会、ほろ酔い気分のご帰宅と、幸せ者の鎌田であった。

しかし、東京消防庁は東京都の一部であり、新規事業なり施策を企画するつど都の担当部局と事前相談やら了承を取り付けると言った、幾つか関門があり出向者の悲哀を鎌田は味わっていた。時にはやりたい施策を断念する事もしばしばあり消防庁から「何やってるだ、弱腰だ」と叱咤され、都庁の幹部から同情されることもあった。

東京都政の仕組みなどを肌で知った鎌田は近代消防への行政を推進するためのイロハを東京都から学んで行った。

ＧＨＱの占領政策も終わり、耐えに耐えてきた日本人も、その辛抱強さと勤勉さと器用さと言ったものを持つ日本人の底力を発揮して日本再建に努めた。始めは進駐軍兵士が捨てた缶詰の空き缶からブリキの玩具を作りアメリカへ輸出したのを皮切りに、小さな町工場から世界に飛び出す、携帯ラジオのソニーやオートバイのホンダ、自動車のトヨタと世界を相手の大企業へと発展していって世界を驚かした。ＧＨＱ司令官のマッカーサーが帰国後に日本人の事を「一二歳の少年」と語ったが、もはや日本人は敗戦という屈辱を乗り越え逞しく成長して、「もう戦後ではない」と言う時代が目の前にまで築きはじめていた。

街では、力道山が外人レスラーを投げ飛ばすプロレス人気で、街頭テレビの前は人だかりができ、宣伝広報の手法もテレビ時代へと変わってきていた。今や宣伝の時代とばかりに、庶民が興味をもつテレビにいち早く着目したのは一般の企業で、積極的にテレビを自己宣伝に利用しだした。「ゴホンときたら龍角散」「何である、アイデアル」「カンカン、カネボウ」と各社が競ってのコマーシャル宣伝に走った。政府も負けじと政府広報TV番組で宣伝を始め、東京都や警視庁は広報課が既にできていて積極的な広報活動を展開していた。

東京消防庁には広報と言う名の課もなければ、係さえない昭和二九年、三年間の東京都への出向を終え鎌田は古巣へ戻ってきた。

大型の街頭テレビの前でプロレス中継に見入る人々
（東京・新橋駅前）

明から暗へ

鎌田伖喜が東京消防庁へ帰ってきた。

「また、にぎやかになるぞ……」

そんなひそひそ話しが庁内に早くも囁かれていた。

当時の東京消防庁は独立をしたとはいえ、霞が関の警視庁本部庁舎の一部を借りての肩身の狭い間借りでの消防行政事務をしなくてはならなかった。さらに鎌田の新たな勤務先は、日比谷公園内のＧＨＱがかつて使用していたことがある木造二階建ての田舎の学校の校舎に似た建物で、入り口に「東京消防庁予防部分室」の看板がなければ、取り壊しが近い廃屋と間違えられる代物で、決して「立派な庁舎」だとお世辞にも言う人はいなかった。鎌田はそんな建物のことは意に介さず、新しい辞令を持って分室の前に立った。予防部指導課指導係が鎌田の職場であるが、マスコミ担当の広報主任と言われてきたのである。

初の消防広報を担当する広報主任だという意気込みで「やってやるぞ」と仮事務室に第一歩を踏み入れた。

部屋の片隅に広報主任専用の古びた机が一つ与えられ、部下の係員は女子を入れて三人、小さいながらも楽しい我が家の雰囲気を鎌田独特の人柄からかもし出し、昭和二九年一一月、鎌田広報の小船が出港をした。

「おめでとう鎌田君」

真っ先に声をかけてきたのは、鎌田が来るのを、首を長くして待っていた恩師でもある直属の上司の鉾田昇予防部長であった。その微笑む目の奥には鎌田を威圧する眼光を放っていた。

「何か、いつもと違う」

久しぶりの再会であったが、鉾田予防部長の並々ならぬ熱気がほとばしっているのを感じた。

覚悟はしているつもりであったが早速、就任早々に鉾田節が延々と続きマスコミへの広報活動の重要性を論じた。それは今までにない真剣さで次第に鬼気迫る圧迫感を感じ、鎌田は身を固めて聞き入ることしかできなかった。

都庁での私服から消防の制服に着替えたとたんに、また新たな難題が鎌田を待っていた。

初出勤の時とは逆に帰宅する時の足は重くなっていた。

帰宅すると食卓には妻保子の心配りの郷里料理が鎌田を待っていた。

「お疲れさま」

妻のお酌で杯を上げ、やっとほっと一息して、家庭の暖かさを満喫できた。だが、その家庭の味をゆったりと味わうことが、仕事人間の鎌田にとってはマスコミという未知の難敵が前に立ちはだかり、容易なことではない事を思い知らされた。

待っていた難敵

日比谷の分室から徒歩五分の所に、威厳のある警視庁庁舎があり、警視庁内にはマスコミが常駐している記者室がある。「七社会」という名称の新聞社関係の記者室、テレビ関係の「記者クラブ」、「ニュース記者会」と、各会社ごとに間仕切りされた部屋が三か所に分散されている。そこを拠点にして事件事故など取材合戦が日夜くりかえされ新聞テレビで国民にニュースとして知らされている。いわばマスコミの情報源となる一つが警視庁である。

警視庁は総監や部長らの幹部による定例の記者会見が行われ、事件事故の発生時には広報課員が即時に発表をしたり情報提供をして円滑な報道活動に協力をしている。

間借り生活の東京消防庁には、記者室もなければ広報課も係もない。火事があれば消防署には留守番役の署員が一人残るだけでマスコミの取材には応じられず、火事があればマスコミは警察への取材を開始し、火災原因も警察調べとなっていた。警視庁の配下にあった頃の旧態依然のまま、東京消防庁は警視庁に「おんぶに抱っこ」で消防広報を依存し協力を得ながらの広報活動でしかなかった。

法的には独立した消防だが、組織的にも体制的にも未だ独り立ち歩きはできずにいた。消防の充実強化には消防への理解と協力は欠かせないものであり、そのためには消防広報が不可欠であることを八年前の自治体消防になったときに痛感したはずなのに、未だ消防の広報体制は旧態依然のまま据え置かれている事に、鉾田は憤懣やるかたない気持ちでいた。

残り少なくなった消防人生で何が何でもやり遂げたい「広報課」というセクションを作りあげ、後輩へ残したい。これが鉾田昇の永年の念願であった。今回の鎌田伎喜の指導課への異動には、そんな伏線が隠されていたのである。

東京都への出向で、東京消防庁の部や課を増設する事は容易なことではないことを鎌田は身にしみて知っていた。まして戦後の復興がまだ道半ばで国や東京都の財政も厳しく、庶民生活も決してゆとりある生活とは言えない状況下では、行政機関の新設拡大には厳しい目が向けられ、実現には困難な問題が多くあった。

鎌田も鉾田の唱える「広報課」の実現には諸手を挙げて同調し、それが実現には広く社会一般から消防への理解を得ることが必要であるという意見も一致していた。

「何が何でもやらねばならぬ」、いや「何が何でもやり遂げなければならない」

鉾田昇は「鉾田教室」の優等生である鎌田にその期待を賭けた。鎌田の双肩には大きな重荷がかかってきた。


鎌田は早速、警視庁の記者クラブへ出向いた。

新聞の夕刊の締め切りがすんで、記者が一番休める時間帯の午後三時に鎌田は記者クラブ室の扉を開けた。見慣れぬ男の出現に記者らが一斉に「何者だ」という怪訝な顔をして鎌田を睨んだ。

「なに消防、何の用だ」

消防が記者クラブへ来るのは珍しく、来ても幹部職員が盆暮れの挨拶程度で、消防の報道発表などはめったになかった。

「まあ、座れ」と促され鎌田は記者団に囲まれた。あたかもニュースなどでよく見られる記者会見のようであったと鎌田は言う。

「消防は火を消すだけでなく、火災予防の立ち入りもすることができるようになりました」

と新しい消防制度についてマスコミ向けの初めての鎌田節を披露した。

「今度は、面白いネタを持って来いよ」との記者の一声で、一回目の初日は挨拶程度で終えた。その後、鎌田は足繁く記者クラブへと通い続けた。

鎌田は庁内を回っては面白い話を探しにでかけ、自己流の記者発表文を作り記者クラブへ鎌田流の報道発表を繰り返し行った。鎌田が苦心して書き上げた発表文を記者は一瞥でゴミ箱へ投げ捨てる、いわゆる記者用語で言う記事にもなら原稿のことの「ボツ」の連続であった。それでもめげず足を運ぶ粘り強さを見せ、消防広報の鬼の片鱗をうかがわせてきていた。

鎌田の行う広報は未だ「消防の宣伝」の域を出てはいない、行政広報とは程遠いものであった。顔なじみになった記者からは「宣伝屋」と揶揄され、「小ばか」にされることもあった。だが、何を言われようと鎌田は決して怒らずいつもの人懐っこい笑顔で記者と接していた。

「鎌さんには負けたよ」

たまりかねた記者が同情して報道発表のイロハを鎌田に教えてくれた。

「消防が火事を消すのは当たり前、消さない消防があったらニュースだ」

「消防が訓練をするは当たり前、当たり前のことは記事になりにくい」

「終わったものより、これからの新しいもの方が記事になる」

鎌田は意を得て「今晩つきあって」と誘い、焼き鳥屋での広報勉強会を始めた。そして次第に報道発表のテクニックを身につけ、記者たちとの交流の輪が広がり、いつしか「宣伝屋」から「消防の鎌さん」と親しく呼ばれるようになる。やがて鎌田家に夜討ち朝駆けの記者が増えていた。東京消防庁の内部では、一筋縄ではいかないマスコミを毛嫌いする幹部も多く、これ幸いとばかりに「マスコミは鎌田に任せておけ」と、ほっと一息の気分に浸ってしまうムードも漂い始めていたのである。

マスコミ広報の予算ゼロ、そのうえ理解も薄い指導課指導係。鎌田は孤軍奮闘で体当たりのマスコミ担当の仕事をせざるを得なかった。救いは内助の保子夫人と恩師の鉾田部長の激励であった。

質屋を初めて知る

報道記者と公務員とは勤務時間にずれがあった。特に警視庁詰めの事件記者は発表されたものだけを記事に書くだけでなく、公務員が退庁した後から朝刊記事の締め切りまでの深夜まで「サツまわり」と称する警察関係への取材をしてまわる不規則な勤務である。マスコミを相手とする鎌田には定時での帰宅は許されなかったのである。

鎌田は一人、夜な夜な取材をうけ、手弁当でマスコミ相手をすることも多くなっていった。保子夫人の花嫁道具の着物を売り払っての金策、ついには箪笥が底をつき空になり、毎日が金策で駆けずり回る保子夫人、初めて質屋通いもした。だが保子夫人は一言も苦言を言うことは無かった。鎌田は「今にきっと買い戻すから」と約束を誓い、鎌田は保子夫人に頭が上がらなくなったと言う。

鎌田の体当たりのマスコミ対応で、以前より新聞に消防記事が目立つようになり、テレビやラジオへのゲスト出演も増え、鎌田広報の効果がしだいに目に見えてきていた。

だが、鎌田に対し一人、辛口の批判をする人がいた。その人は母タカであった。

「佐喜、お前はいつもの早口で何を言ってるのか聞き取れない。もっとゆっくりと喋りなさい」

「聞く人の気持ちになって喋りなさい」

ラジオに耳を付けて聞いている難聴の人々を代弁するが如くの母親の意見には、さすがの広報の鎌田も深く頭を下げた。

テレビやラジオにと駆けずり回り、多忙に気をとられ、有頂天になってきていた鎌田の鼻っ柱に「いい気に、なるな」と言う母タカの鉄拳が下ったと鎌田は回顧した。鎌田は妻保子だけでなく母タカにも頭が上がらないのである。

火災予防運動のやり方も鎌田のアイデアで変わった。

今までの「火の用心」を訴える火災予防の普及宣伝から「燃えない工夫」や「早い通報119」といった予防方法、手段を具体的に啓蒙する広報へと変え、都民の「意識から行動へ」とキャンペーンを展開させていった。

「もう一息」

上司の予防部長鉾田昇も鎌田の健闘を称え奮闘ぶりを認めた。そしてさらなる目的達成の努力を鎌田に託していた。

忘れられた救急広報

鎌田らが心血を注いでやっていた消防広報は、主に火災予防が中心で、救急に関する広報は宣伝の域を出ず、救急が話題に上ることすら無いに等しい時代であった。

警視庁消防部時代から、消防の本来業務は「火消し」であるという固定観念が強く働き、一方の「救急」は法律的な根拠は何もなく、単なる「運び屋」と揶揄され、消防内ではいわば添え物的に軽んじられた存在であった。昭和三八年になってやっと消防法に「搬送業務」を消防が担当することが明記されたに過ぎず、中身は従来と同じ「運び屋」には違いなかったのである。しかし救急出動が毎年激増し、都民の命を守る最前線で奮闘する救急隊によせる国民の期待が高まり、遅まきながらも昭和五七年に九月九日を「救急の日」と定め、救急への理解と協力を求めるキャンペーンを本格的に展開し始めた。その結果、平成二一年になって「搬送」から「適切に搬送」という文言が消防法に加わり、消防に救急の責務が明確に示され、現在にいたっているである。

関心が薄かった救急に歴史的事件が起きた。

「何だ　こりゃ」

鎌田は新聞記事に目を見張った。

昭和三二年一〇月五日、東京が救急を始めて二一年目にして、法律的不備を放任したままで救急業務を行っていた東京消防庁に、救急業務を根底から揺るがす事件のスクープ記事であった。

警察署の留置所で心肺停止の男がいるとの通報で丸の内救急隊が出動、緊急を要すると判断した隊長がカンフル注射をしたが、搬送後に病院で死亡が確認された。死亡原因はカンフル注射ではなかったが、医師の資格の無い救急隊員が注射をした行為は医師法に抵触する、しかも東京消防庁が救急の法的問題を、長い間まるで他人事のように無関心で放任していたのは問題であると、検事から異例の注意勧告がされたのである。

注意勧告に驚き、東京消防庁は直ちに救急車から一切の救急資器材を降ろした。それ以後、全国の救急車は「裸の救急車」となり、救急隊員は「運び屋」と蔑まされることにつながっていった。

だが事件後も、救急隊員は屈辱に耐え黙々と職務に当たった。そして、このままでは「助かる命も助けられない」と救急隊員らによる切実な現場の声がマスコミに届き、世論を動かし「救急救命士」制度が法制化されたのは事件後三〇年余を経た平成三年になってからであった。

長い間、法的な裏付けもなく救急が続けられたのは、消防士という火消しの仕事をかなぐり捨てて、「運び屋」と揶揄されながらもあえて救急隊員となり、人命を救うという強い使命感を一途に持ち続けてきた消防士たちがいたからに他ならない。

「俺は、何をしていたんだ……」

鎌田は自分の無知を恥じ、自らを責めた。

家庭内での急病は救急搬送の対象では無いという東京都条例の存在も知って愕然とし、「家庭内での急病人は自分で病院へ行け」という条例の非情さに鎌田は憤怒した。鎌田の中に眠っていた広報の鬼が目覚め出していた。救急問題は巾広く根深い。一消防だけで解決できるほど生易しい問題では無い。救急問題を解決するには、かつてのＧＨＱの様な強力なバックアップが必要だと鎌田は思いを馳せた。

一新聞社のスクープ記事から端を発した救急問題についてマスコミの影響力の強さを鎌田は知り、マスコミの協力を得る救急広報を展開することを心に秘めたのである。そして、「もの言えぬ、もの言わぬ」救急隊員たちの代弁者になろうと決意した。

鎌田は激務の最中に消防司令試験を受け合格していた。消防司令の階級は消防署では署長に次ぐ、次長や課長級のポストである。若い鎌田は人より昇任を延ばされていた。

「鎌田君　おめでとう」

消防司令昇任と赤羽消防署への転勤辞令がおりた。

「また戻ってこいよ」

別れを惜しむ人もいるが、昇任を妬む人もいる。「ゴマすり」と陰口も耳にしていた。どこの社会でも人の栄達を羨み、妬みや陰口は常にある。若くして管理職に登った鎌田佐喜が受忍しなければならない一つの洗礼でもあった。

救急広報のスタート台に立った矢先での転勤に、鎌田は心残りの感を持っていた。

「君を必要とする日が必ずくる。俺は待ってるぞ」

熱き目で鎌田を見つめ、見送る人がいた。

念願であった「広報課」の実現を見ずして、鎌田は広報主任の任務を解かれ新天地へ向かった。

消防地蔵と鎌田

鎌田は赤羽署から本部の総務課へ転勤をする。そこには総務部長になっていた鉾田昇がいた。鎌田は四度目の鉾田との上司と部下の上下関係を持つ。昭和三七年八月夏、鉾田昇は総務部長を最後にして波乱に富んだ消防生活の幕を下ろした。同じ日、鎌田は野方消防署の次長として赴任して二人の師弟関係は終わることになる。

「もう、戦後ではない」

日本は急速な経済発展を続けていた。破壊と開発が繰り返され、首都東京は一夜にして変貌していた。だが、鎌田が赴任した野方の地は、幸か不幸か都市開発から取り残され、空襲を免れた古き家々が建て込み、狭い路地が入り乱れ、火災危険が高いのが消防にとって頭痛の種となっていた。

「街を知り、住む人を知る」これが消防行政を進める基本だと、赴任早々に街中を歩きまわり、八百屋の店先で下町のおばちゃんと世間話を、居酒屋ではのれんをくぐって職人の親父さんと酒飲み話と、鎌田は精力的に管内の人々の中に溶け込んでいった。

「今度来た次長は席にいないな――」

署員はみんな言う。

西武新宿線の野方駅近くに小さな地蔵さんを鎌田は見つけた。

地蔵さんのまん前の居酒屋に飛び込み、さっそく店主とお客らに話しかけ「笑い地蔵」と言い駅前商店街の店主らが世話人になっているとのことを知る。そして居酒屋に世話人らの定期的な例会があることも知り、鎌田も飛び入り参加となった。メンバーには町内の大学教師や小説家、画家といった人もいて「雑学教室」と称して自分の得意分野の話をテーマに座談するユニークな場であることも知る。

鎌田は早速に火の用心のあれこれを鎌田節で披露、喝采を受け、話題はお地蔵さんになり

「野方に火事が無いにはお地蔵さんのおかげ」と鎌田は「消防地蔵」と命名し名前を一つ増やした。更に鎌田は、消防地蔵のことを報道発表して新聞に掲載され、野方の地蔵が一躍名物になり参拝者が引っ切り無し、千客万来で商売繁盛となり駅前商店街も大喝采。鎌田の広報センスと広報手腕を発揮しての行動が受け、以後、歴代消防署長は「雑学教室」のメンバーとなり消防総監になった元署長も参加するなど、鎌田が残した消防と地蔵の縁は今でも続けられている。

東京・野方の笑い地蔵社

笑い地蔵尊

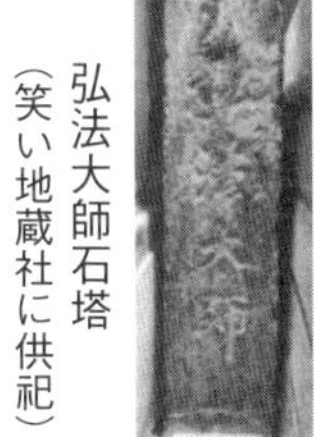
弘法大師石塔
（笑い地蔵社に供祀）

　地域の人々の理解と協力を得るという、消防広報の原点を実践した鎌田佐喜の名は、世話人たちに語り継がれ、西武線沿線の田無駅に家を構える鎌田は途中下車しては「笑い地蔵」と「消防地蔵」に参拝をして昔を懐かしんでいる。

昭和三九年四月、鎌田伖喜に総務部広報課広報係長への辞令がおりる。待ちに待った鎌田広報が本格的に始動することになる。総務部長は東大出身のエリート大川鶴二、第六代消防総監になる人物である。

♪――　明日は東京に出て行くからは、
　　　なにがなんでも勝たねばならぬ　――♪

転勤前夜、鎌田伖喜を送るかのように、野方駅前商店街の一角から村田英雄のヒット曲「王将」が流れていた。
全世界が注目しているオリンピック東京大会が目前に迫っていた。

第五章　行政広報への道

宣伝の時代は終わった

「やっぱり、あいつか」

四月は人事異動の月、東京消防庁も悲喜交々の人事異動が発表された。

総務部広報課広報係長。消防庁内部では、みんなが予想して通りに鎌田伖喜に決まっていた。

「おめでとう」

祝福の声があがる。

「何に——。又あいつか」

やっかみの声もあがる。

昭和三九年四月一日、人事異動でごった返す中、鎌田は五年ぶりに広報の鎌田となって戻ってきた。それも、鎌田の恩師であった鉾田昇が寝食を忘れて取り組み、執念が実って実現にこぎつけた広報課広報係長のポストである。

警視庁庁舎に間借りしていた消防もやっと自前の東京消防庁本部庁舎が千代田区永田町に完成し、月日の流れは速く、時は変わっていたのである。

「鎌田君、後は頼んだぞ」の一言を残して鉾田昇が去って早くも二年近くが過ぎていた。

警視庁庁舎から独立して一一年目に完成し、まだ新装して間もない八階建ての東京消防庁本部庁舎に鎌田は勇躍して初登庁をした。

うるさ型の恩師の鉾田昇ではなく、柔和な笑顔で迎えたのは総務部長大川鶴二であった。鉾田と同じように広報について理解をもった上司であることを鎌田は知っていた。「よし、やってやるぞ」と、鎌田は大川部長の前で心に誓った。

「鎌田君、頼むぞ」

五階の広報課の部屋にはいると、広報係長と書かれた名札がついた大きな机に鎌田係長専用の電話機がおかれていた。南向きの明るい窓からは激論が飛び交う国会議事堂がまじかに見え、机の上には祝電の束が積まれ、主人である鎌田佐喜を待っていた。

祝電の封を開いた。恩師の鉾田をはじめ、東京都副知事や都の部課長と友人、全国の消防長、テレビで知り合ったお笑い芸能人や歌手、野方の雑学教室の仲間やおじさん、おばさん、居酒屋のおやじ、それに警視庁詰めの記者ら多種多彩な人たちから贈られ、電話もひっきりなしに鳴っている。

午後三時になっていた。

「行こう」

一番最初の挨拶まわり先は警視庁の記者室、いつもはしかめ面の記者たちが笑顔で鎌田を迎え入れ、とたんに「容赦しないぞ」と早くも鎌田に挑む。次は消防広報を陰で支えてくれていた大恩人でもある警視庁広報課、「強敵が来たな、お互い頑張ろう」とエールが贈られた。

鎌田広報の初日はお祝いムードで無事に終わったが、長く続くことは無かった。

日本の占領政策が終わり、戦後の復興が急速に進み「より早く、より高く、より遠く」のオリンピックと歩調を合わせるように実現しようとした高度経済成長には新たなゆがみやひずみが生じ、随所にマグマのように噴き出しはじめていた。それは、あたかも鎌田広報が本格的に始動しだしたのを狙いすましているようでもあった。

経済大国にのし上がって噴出しだした最大なものは、公害と災害の深刻化であった。

石油化学の工業化と都市化の驚異的な進行は、空気や海川の汚染、交通渋滞、都市の高層化と深層化、エネルギー変換化などが複合化して、光化学スモッグ、交通騒音、公害ぜんそく、雑居ビル火災や地下爆発、自然破壊による大規模土砂崩壊などが日本各地で頻繁に起きた。一方で、これらに対する安全対策は後手々々となり、消防にあっても紙と木の家屋を対象とした従来型火災だけでなく、新たに生じるあらゆる災害等を対象とした消防へと方向変換を求められてきていた。だが今は、得たいの知れない大きな怪獣に弓矢と槍だけの武器で立ち向かう防人のような消防でしかなかった。

これからの消防は、これら得たいの知れない災害等にどう対処し、どう解決していくのか、そして、鎌田にはこれからの消防広報をどんな形で展開するのかを問われてもいた。

もうすでに宣伝の時代は終わり、とっくに行政広報の時代になっていた。

鎌田広報の前途は決し安楽なことではない事を、本人自身が一番知っていた。

行政広報を実感した日

「人事異動があると火事がある」

そんなジンクスが消防内にはあった。「歓迎放水」と言う隠語もある。

転勤してきた新入者が、初めて消火活動を体験することを「歓迎放水」だと言って、皆の仲間入りができた事を認めるという意味である。

鎌田の新広報係長に対して、マスコミからの「歓迎放水」の洗礼はまだ受けてはいなかった。

鎌田が広報係長になる前には、東京だけでも特異な都市災害が頻繁に起き、東京消防庁は多忙を極め、国民は恐怖に脅えた。

昭和三七年年五月三日、休日で子供連れで楽しんでの帰途、常磐線三河島駅で普通列車と貨物列車が衝突して死者一六〇人の犠牲者をだす鉄道史上空前の事故が発生し、東京都内の救急車全隊が出動すると言う惨事となった。

翌三八年年一月二四日には、江東区深川で地下の高圧ガス管が割れ、多量の都市ガスが地下へ拡散、下水道管にも侵入して一挙に爆発炎上し、離れた場所でも二次三次の爆発炎上、死者六人をだす都市災害惨事が起きた。同年四月二日には荒川区日暮里の住宅地で化学製品らを貯蔵していた工場から出火し、住宅など三六棟5、000㎡が燃え消火に七時間を超える近来にない都市型大火で日暮里大火と言われた。また同年八月二二日には池袋の西武デパート火災が発生、10、000㎡を焼き、死者七人、負傷者一二一人をだし、八時間に及ぶ消防活動を強いられ、翌三九年二月一三日には銀座松屋デパートで火災、4、000㎡余を焼き、高層化が進む建物の消防対策が急務となった。

連続して発生した特異災害を茶の間のテレビで観た国民は、こぞって災害の怖さを実感し迫りくる恐怖に慄いた。

鎌田が広報係長へと転勤してきてからしばらくの間、東京は薄気味悪い程ぴたりと大火や特異災害が途絶えた。

「そろそろ、何かありそうだ」

鎌田が赴任してから二か月、その予感は当たった。

それは東京でなく新潟で起きた。大地を切り裂く大地震が新潟を襲ったのである。

昭和三九年六月一六日、マグニチュード7・5の「新潟地震」。道路は波打ち、いたる所で亀裂、交通の要の昭和大橋が折れて落下、石油タンクが次々に炎上し黒煙が上空を覆い真昼間なのに夕方のように暗雲に包まれる新潟。恐怖に慄く市民が逃げ惑う様子を、文明の利器であるテレビが茶の間に流した。

「これが東京であったなら……」

都民なら誰でもが抱く、あたりまえの事である。「何をすべきなのか」「どうしたらいいのか」これもあたりまえの事である。

マスコミ仕込の消防広報の鎌田は、すぐさまこの都民が求めている、あたりまえの事を知らせるための報道発表をした。「国民の知る権利」に応える事と、行政の施策を知らせる「情報提供」こそが本来の「行政広報」である事を鎌田は忘れてはいなかった。だが、待ちに待った世紀の祭典オリンピック東京大会の開催が迫ってくるなり、大衆化したテレビは連日オリンピック特集を放送するなど、日本中がお祭りムード一色に染まった。多くの国民は今まで恐怖に慄いていた災害のあったことすら忘れ、ひたすら享楽の世界へと没していった。

「災害は忘れた頃にやってくる」、それが現実になる時が来たのである。

悲劇の勝島倉庫爆発火災

オリンピック開幕まであと八八日。悲劇が起きる。

昭和三九年七月一四日、東京消防庁にとって最悪の惨事である品川の勝島倉庫の火災がおきた。鎌田があたりまえと思った広報の難しさを身をもって知る。

惨事が起きる二日前、鎌田家に次男圭喜が誕生というお祝い事があった。

安産で母子とも健在で、鎌田は安堵し休暇をとっての久しぶりの家庭の味をあじわっていた。病院で大きな声をあげ、元気なわが子を見てから田無の自宅へ帰ったとたん、電話のベルが鳴った。

「大変です、爆発火災です。すぐ本庁へ来てください……」

当直の甲高い声で、緊急事態であることを察知できた。

テレビでは壮絶な現場の模様を生々しく放映されていた。

「大変だ――。鎌田さんの旦那さんが病院へ運ばれたって、テレビで言っていたよ……」

病院長がベットに横たわる保子夫人へ告げた。

「えっ――。」

保子は絶句し、顔面蒼白になり、母乳が止まるほどのショックを受けた。

電話をしても誰もでない。夫からは電話一本もない。保子は子供三人を抱えてこれからどうしたら良いのかと心迷い、眠れぬ長い一夜を過ごすことになる。

昭和三九年七月一四日㈫午後九時五五分頃、品川区勝島の㈱宝組勝島倉庫の野積みのドラム缶入り硝化綿から発火し次々と爆発しながら火災は拡大、消防隊の懸命な消火活動によりいったんは火勢の包囲を完了して一挙鎮滅の見通しがついた午後一〇時五五分頃、二回目の大爆発が起き、消防隊員一八人、消防団員一人が殉職、負傷者一五八人を出す消防史上最悪な惨事となった。

現場は、消火と救出救助、負傷者の救護と搬送、行方不明者の検索等で、阿鼻叫喚の場と化した。

　当時の消防指揮本部には「指揮班と情報班」という情報の収集分析と指揮決断をするに重要な二本柱体制が組織的に確立されておらず、出動した各隊長まかせの消防活動が行われているのが実情であった。マスコミも自分の足で付近住民や関係者、消防隊員や警察官などから情報を聞きまわり、最終確認を警察に頼るといった取材活動が行われ、消防は消火活動に専念してマスコミの対応にまで手が回らないといった消防の現場広報体制の不備も混乱の一つであった。大惨事という事で、押し寄せた報道陣の取材合戦も激しさを増し、収拾ができないほど混乱が続いた。そのため現場では記者発表のみが行われ、記者会見は東京消防庁本部庁舎で行うこととした。

東京都品川区㈱宝組勝島倉庫火災

　永田町の本庁へタクシーで乗りつけた鎌田が最初に目にしたのは、社旗をつけたマスコミの取材車が玄関前にずらっと並んで駐車している状況である。

「こりゃすげえ――。」

鎌田は初めて経験する大取材陣に度肝を抜かした。

一階の通信指令室へ飛び込んだ。室内は怒号が飛び交い、指令係員と取材記者らが右往左往し、その混乱した状況を狙うテレビカメラらが入り乱れていた。

「係長、マスコミを何とかしてくださいョ」

指令係員が懇願する。

「オー　鎌さん、何とか頼むョ」

顔なじみの警視庁詰の事件記者が血相をかえて駆け寄ってきた。

五階へ駆け上がった。広報課も取材の電話があっちこっちで鳴り続け、当直員が汗を流し取材対応をしていた。広報課員は電話の対応だけで精一杯で、黒板に殴り書きされた災害速報だけが今現在唯一の状況を知る情報であった。

「広報課全員参集させろ」

非常時の参集連絡簿による課員の招集を指示した。

広報課内のテレビからは現場発表の殉職者の名前が流されていた。

「何人目だ――。」

取材陣の怒号が聞こえる。

「行方不明者が多数いる模様です……」

現場からの画像が激しく揺らいだ。

「蒲田の消防署長が病院へ搬送されました」

現場中継の声が荒げた。

現場はいつになったら収束されるのか予想が出来ないほど混乱は続いた。


保子夫人の入院先の院長がこのテレビを見て「鎌田の名前と、蒲田の地名」を取り違え、保子夫人に伝えた事が後で分かり、院長の早とちりであったとけりがついた。災害現場以外でも混乱はあったのである。

「父が、わが子が」と全国各地からの安否確認の電話が絶え間なく東京消防庁へ殺到していた。いらだつ家族に応えられない非常時における電話対応にも問題があったのである。また、火災が終焉してからも全国から電話や手紙などで消防行政への不満や抗議、殉職者への弔意、激励などが多く寄せられたが、担当する係も無く、迅速さに欠けた公聴処理にも問題を残した。

災害現場の広報体制の不備。マスコミ対応と電話や文書による公聴対応の組織的不備。いずれも鎌田の担当する広報課の問題であった。警視庁の広報におんぶに抱っこで甘えていた東京消防庁へのツケが表面に浮かび挙がったとも言えた。

「どうした、鎌さん。しっかりしろ」

全国の消防仲間から激がとんだ。

「恵まれた東京ですらあの程度。我々の弱小消防ではどうなるか」

全国の消防仲間から落胆の声も聞こえた。

真っ暗闇な現場の空が明るくなってきた。散乱したドラム缶の間に、仲間を捜し求める消防隊員が見え隠れしている。

修羅場の焼け跡に、お盆の七月一五日の朝を迎えようとしていた。

怒号の記者会見

朝九時、消防総監の緊急記者会見が始まった。

広報課長が司会で始まった会見は最初から険悪なムードが漂い、殺気立った記者らが矢継ぎ早に質問を飛ばした。

「総監、この責任をどう取る」「死傷者の名前が違ってたり、人数がまちまちで困る。しっかりしろ」「なぜ、多くの殉職者をだしたのか」「消防戦術が失敗したのでは」「この惨事で、何を教訓にして何をするのか。今後の消防をどう変えようとするのか。一九人の英霊に答えて欲しい」

記者の質問は、誰もが知りたい当たり前の質問であった。だが、当たり前の質問に当たり前の答えが即座に返ってこないじれったさも感じられた。

広報係長の鎌田は一人の人間として記者の詰問に納得ができた。

「一九人の仲間の死を決して無駄にするな」と言う記者たちの声に、居たたまれない憤怒が、鎌田の胸中につき刺さって抜けずに、もがき苦しむ、消防広報の鬼の鎌田がそこにいた。

一方、記者の厳しい質問に窮し、言うに言えない心中の思いを抑え、ただうな垂れるだけの消防幹部の悲壮な姿勢に心痛める「仏の鎌田」がいた。

鎌田はこの時、「広報の鬼」と「仏の鎌田」の両方の顔を見せた。

「もう、この辺で終わりにしたいのですが……」

会見が行き詰った瞬間をとらえ鎌田が発言した。

「なにっ――。何を言う鎌田。」

記者の一人が睨む。

「この辺で、どうだろう」

記者の一人が助け舟を出した。

東京消防庁にとって初めての緊急記者会見は混乱のうちに終わった。


鎌田の安否を心配する相馬の実家から電話があった。

「無事か、良かった。仮喜、お前は何をしていたんだ」

母タカの声が震えていた。

「亡くなった人たちがかわいそう。おやごさんもかわいそう」

鎌田はその時、電話の向こうからもれる母タカの呻くような声は、鎌田への叱咤の声と受け止めた。

一方で、組織のトップである消防総監の補佐官役になれなかった鎌田は「俺は何をすべきだったのか」「記者は俺に何を求めていたのか」「消防総監ら幹部は俺に何を期待したのか」と、鎌田にとっても初体験であった会場の設営と会見資料の配布といった雑務に終始した自分を責め、自分に問い続けた。

緊急記者会見は鎌田に広報戦略という新たな課題を与えたことになる。

消防組織のトップである消防総監の意向を常に把握して行政施策に反映させられる行政広報こそが広報課に与えられた責務だと再認識させられた。そのためには総監をはじめ幹部との意思疎通を図り、情報交換を積極的に行い、広報課が行政施策に参画すべく鎌田は足繁く庁内を回り、情報収集に精力的に動き回ることに意を決した。

「鎌田君、頼むぞ」

総務部長大川鶴二は鎌田の背を押した。その日から鎌田の机は空席が目立つようになった。

初告発と特ダネ

「東京消防庁の初告発」

その日が近いことが鎌田の耳に入った。

「必ず緊急記者会見で一斉に発表する」ことを鎌田は総監と総務部長から確約を取った。刑事捜査との関係もあり告発の日は「極秘」とされ、その日から関係者に「かん口令」が出され、庁内はピリピリとした緊張感が広まっていった。

告発を決行する日はいつなのか。「極秘事項」それは記者も狙っていた。

新聞二社が「特ダネ」を狙って、東京消防庁へ夜討ち朝駆けを始めだしていた。執拗な記者に鎌田は「必ず記者会見をして一斉発表します」と言う事しかできない。だが、記者はあの手この手を使ってスクープを狙っていた。追う記者と追われる消防官との、内に秘めた熱き攻防が続けられた。

「一社が特ダネをものにした……」

鎌田の耳に入った。

鎌田も知りえない告発日。「いつ、誰が漏らしたのか――？」

鎌田は総務部長室へ駆け込んだ。部長は苦々しい顔で「漏れたらしい」と一言吐き捨てた。

スクープ、それは記者が勝ち取った勝利である。激しい報道合戦に勝った勇者にだけに贈られる金メダルでもあった。

「記事にするのを、待ってくれ」

記者には禁句であることを鎌田は熟知している。鎌田の職務上の「一斉発表」こそが公平な報道対応であり原則でもあった。だが、一社のスクープで原則論が消し飛んでしまう。

記者を称えてスクープに甘んじるべきか、一斉発表の原則を貫くべきか、鎌田に厳しい選択が求められていた。

「記事になる前に記者会見をしよう」

関係者らによる極秘会議で方針が決まった。だが、告発先である検察庁と慎重の上に慎重を重ねてきた初告発を、東京消防庁だけの単独判断で突然、公表にふみ切る事は道義的にも反する行為になる。公表前に東京消防庁がやるべき事、それは、検察庁など関係機関との最終調整と言う問題を即急に解決しなくてはならない。それには新聞の締め切り時間と言う、時間との勝負であった。

調整が不発に終わった時は一社のスクープに甘んじる。ことは急を要した。

「急げ」

関係者は極秘で告発準備にかかった。爆発火災から九日後の二三日午後五時を過ぎていた。官公庁の就業時間は終わりに近く、検察庁など関係機関へ電話連絡だけでなく幹部職員を急遽出向させるなどの異例な処置をとった。

鎌田へ、更に新たな頭痛の種が持ち込まれた。

極秘会議が終わって間もなくして、特ダネを狙っていた他の一社が執拗に幹部を問い詰めてきていた。

「鎌田君、何とか外へ連れ出してくれ」

　部長から耳打ちされた。

　一社だけでなく二社に夜討ちをかけられ「極秘」が漏れる危険が生じたのである。もはや悠長に構えてはいられなくなった。関係機関と調整ができるまでの時間が勝負であった。鎌田は新たに特ダネを嗅ぎつけた記者を誘い出し、なじみの居酒屋でその時を待った。

　鎌田は初告発が明日となることを知っている。だが「明日だ」と一言も口外できないジレンマで苦い酒席になった。

「その後の動きは……」

　記者が爆発火災のことを執拗に聞く。

「大丈夫、告発が決まれば直ぐに知らせますョ」

　互いに酒を飲みながらの腹の探り合いを続けた。

　鎌田は腕時計を見てはしきりに時間の経過を気にしていた。記者もそわそわするいつもの鎌田と違う様子に気づいていた。

　午後七時三〇分。「トイレ」と言いながら鎌田は奥にある赤電話で一回目の電話をする。その後何回か電話をかけに席を離れた鎌田が泣きそうな顔をして席に戻ると「今すぐ、記事を送ってください」と深々と頭を下げた。

「何イ――。てめえ――。」

記者は烈火の如く怒った。

特ダネ記事をすっぽかされた怒りと、酒の席で丸め込まれた記者としての失態を悔やむ憤怒でもあった。

その夜、九時という異例の時間での緊急記者会見が東京消防庁で行われた。爆発火災を起こした会社に対し消防法違反で初告発という内容の会見であった。そこには鎌田広報係長と記者の二人の姿はなかった。

翌朝の各新聞には大々的に「初告発」の記事が掲載され、特ダネを逸した記者の記事も載っていた。

一斉発表という消防の思いはかろうじて守り通すことが出来たが、鎌田には砂をかむような憂鬱な日々が続いた。

「鎌田君、ご苦労でした」

大川部長のねぎらいの声も鎌田には慰めにはならなかった。

なじみの居酒屋に二人の男がいた。

「なぜ、もう少し待ってくれと、言えなかったのか。俺が悪い、ごめん」

鎌田は頭を下げた。

「分かっていたのに、書けなかった俺が悪い。プロ失格だよ」

記者は自分にも非があることを素直に認めていた。

誘拐事件のような人命に拘わる報道には事件が解決されるまでの間、記事にしないという捜査機関との間で「報道協定」のきまりがある。だが、「初告発」では即人命に拘わる問題はない。しかし、スクープ記事を書き上げるには後々問題が生じることがない様に、記者は念には念を入れ、最後に「大丈夫だ」という責任あるところから確認のお墨付きを取りつけるのが一般的である。

不祥事が公表されると責任を感じて自殺する人も多い。事実、勝島倉庫爆発火災でも責任を問う声が上がり倉庫の守衛長が責任をとって自殺していた。

「告発日はいつなのか」その確認に後手をとった自分に非があると、記者は公務員という組織人の立場にある鎌田をかばった。「いや違う、自分の姑息なやりかたでスクープを逃させた事は慙愧に耐えない。すまん」鎌田は記者魂を踏みにじったとして自分を責め続けていた。

特ダネを追う者と一斉発表を堅守する者との違いはあったが、それぞれの立場を理解しえた二人は、この日から友情を深めて行き、一生の友となっていた。

十数年後、記者が亡くなった葬儀では鎌田は号泣して別れを惜しんだ。「今でも心にぽっかりと大きな穴が開いたようだ、寂しい」と鎌田は目をうるませた。

目指す現場広報の道が見えてきた

一時は広報の鬼でなく猫になった鎌田であったが、記者と和解してからは広報の鬼へと舞い戻っていた。

一九人の英霊に誓った「二度と繰り返さないために」を胸に鎌田は精力的に動き始めた。総監をはじめ幹部に対し、今後の広報体制のあり方を鎌田節で繰り返し論じまわった。

「気持ちは分かるが、現実は厳しい」

大半が悲観的なことと一笑に伏された。

現場広報を充実するにはポンプ車の人員を減らしてでも各消防署に一台指揮広報隊車を作る提案には、地震対策でポンプ車を一台でも増やしたい時に減らすとは何事かと一喝された。では広報課に一台の本部広報車はどうだと食い下がる鎌田に呆れ顔で「検討してみるよ」と軽く扱われ、マスコミ担当の報道係と国民の声を聞く公聴係の新設についても「検討してみる」であった。

だが、情報の重要性を人一倍に認識している人がいた。総務部長の大川鶴二その人であった。

「今すぐには難しいが、実現しなくてはならない事だ」

大川部長は鎌田の提案を真摯に受け止めた。

鎌田は「しめた」と思った。理想としていた広報へ一歩進む先に、やっと光が射してくるのを実感する瞬間であった。


大川部長が戦時中に航空技術将校として東京の三鷹にあった中島飛行機で航空機の設計などをしていた時に、米軍の空襲を何度も体験していた。工場内部に米国のスパイがいるのではと噂する程の正確な爆弾投下に驚き、戦後になって米国の情報収集能力の高さに驚嘆。情報の重要性を痛感した。

日本は戦争をする前にすでに「情報戦」で米国に負けていたと言われている。米国は日本のあらゆる情報を収集分析して、戦う前から勝算を確認していたのである。「敵を知り、己を知れば、百戦危うからず」と言う格言は、古き時代から日本人には知られていたが、格言は見向きもせずに戦争という無謀な選択を日本人はしてしまった。米国人の方が敵である日本人と日本国を知り尽くし勝者となった。

爆発火災の検討会の席上、総監代理で出席した大川総務部長はまとめとして広報について熱っぽく語った。

「広報態勢は遅れていると認めざるを得ない。新聞、ラジオ、テレビなどの報道により世論が形成され、報道の影響力は非情に大きい。今後は充分に関心を持って欲しい」と、マスコミを毛嫌う一部職員への反省を求めた。さらに「消防の撮った現場写真は無い。消火活動中だから写真どころでないと言うが、それなりの工夫を考えるべきである」と、現場広報体制の必要性を説きその実現を促した。それは、鎌田の広報提言を見据えての発言であり、現実となる日が一歩近づいてきていた。

オリンピックが消防を変える

昭和三四年五月、第一八回オリンピック大会が東京と決まった。

当時の日本は、講和条約の発効で占領政策が終え、独立と自立で苦悩していた時代だった。

日本の独立は血のメーデーから始まった。

国会に上程された「破壊活動防止法案」反対で起きた皇居前広場での血のメーデー騒動や、基地反対の安保闘争などで日本中が大揺れに揺れていた。

「もう、戦後ではない」

昭和三一年の経済白書が謳った。飢餓から飽食の時代へと、白書から食料難の文字は消え、電気洗濯機、冷蔵庫、掃除機が「三種の神器」と呼ばれ、経済面では、もはや戦後ではなかった。

混乱と安定で揺れる中でのオリンピック開催決定は、是が非でも成功させなくてはならない責任と使命が日本にはあった。昭和一六年に東京で決まった大会が戦争で中止された忌まわしい過去の歴史もその一つであった。敗戦国日本

1964年（昭和39年）の東京オリンピック・パラリンピックの開催

が平和国家としての世界の仲間入りと、復興日本を披露し経済立国として世界中に認めてもらう意味もあった。

平和の祭典と謳われるオリンピックを、混乱もなく安全に成功させることこそが、日本の最大の使命と責任であった。

昭和三六年、東京消防庁は早速庁内に「対策委員会」を設置し、総力を挙げての対応をすることになった。

防災機関としての政策的役割と、消防機関としての支援協力という、かつてない幅広い責務を背負っての活動を行うものとなった。関係施設の設計から施行、完成後の二重三重の安全チェックから、会場などで英会話通訳資格者マークを胸にした五〇〇人の安全巡回する消防職員と救急隊員の配置など、会場の安全管理に延べ三万六、〇〇〇人を動員して、大会成功の裏方役に徹し、無事に閉会式を迎えることが出来たのである。

鎌田は東京消防庁の警戒本部で広報を担当し、現地から送られてくる情報を運営本部へ伝達をする、いわば消防と運営本部とのパイプ役を担当していた。新聞テレビはオリンピック一色で、大事件でない限りニュースにならないことから、期間中は比較的余裕があり、テレビ中継を観戦しながら職務ができる立場にあった。

オリンピックは世界中のメディアが東京へ集る。鎌田はこれをチャンスとばかりにプレスセンターを見聞して回った。貪欲なまでの情報収集と手際の良い流れるような情報処理に目を見張り、大勢のスタッフと潤沢な予算が投入されているのを実感させられ鎌田はうなった。無いに等しい予算と少ない人員でやりくりせざるを得ない東京消防庁の広報とは全く比較の出来ない、雲の上の存在であることを実感させられた。だが鎌田はいささかも怯むことはなかった。敗戦というゼロから復興をなし遂げ、世界の仲間入りを果たした日本の底力を信じていた。

たとえ規模が違っても創意工夫を武器にして勝負を挑むことができる、いや勝負をしなければならないと、この時、鎌田は広報の鬼になっていた。

消防広報を阻むのは組織の内と外にもある。鎌田は仏と鬼を使い分け明日への一歩を踏み出す。

「ワ――やった、金だ！」

消防本部内で歓声が上がった。立ち上がり拍手をする消防士。大会日本初の金メダルの瞬間であった。敗戦で打ちひしがれていた日本人に元気を取り戻さす瞬間でもあった。日の丸の旗が表彰台の一番高いポールに上がり、東京消防庁音楽隊の演奏で日本国歌の君が代が会場に流れた。本部内はシーンと静まった。どこかで鳴咽をこらえる消防士もいた。音楽隊員は鎌田と同じ広報課員で、指揮者も演奏者もみんな顔馴染みの仲間である。東京消防庁音楽隊についての詳細な資料はすでに運営本部に送ってあり鎌田広報の出番はなく、鎌田も鳴咽をこらえ、立ちすくむ一人であった。

多くの日本人が受けた大きな感動、それは金メダル、日の丸、君が代の三つだけの感動ではなく、人知れず涙ぐましい努力が花咲いた事が、他人事で無く自分自身に置き換えての思いの感動でもあった。

おもてなし

鎌田はオリンピック会場で、白衣の救急隊員を写真に撮り、にこやかに話しかけている外国人の姿をテレビニュースで偶然に観た。早速に会場へ飛び救急隊員たちに聞き回った。「外国では、白衣を着た人を、人の命を守ってくれる『白衣の天使』だと、言われるって教えてくれた。うれしかった。英語をろくすっぽ話せない僕らにトイレはどこだ、出口はどこだのと聞き、東京のお土産は何が良いかと、あたかも会場案内役か観光案内と間違えたかのように気軽に話しかけてくるのが外国人。うれしいものです」と満更でもない顔で鎌田に話した。

「私が言わなくとも口コミで伝わるものだから……」と、鎌田は運営本部への報告をあえてせず、自分の胸にしまった。縁の下の役目を黙々とこなす救急隊員たち、その一人ひとりの「おもてなし」で、国際親善の大役を果たしていることは誰にも知られてはいない。

——心すでに感ずれば、すなわち

口に発して声となる——

人が感動すれば、自然に感動を口にして伝わっていくものだと、討幕運動の志士、高杉晋作が語っている。

翌日の新聞の片隅に、ベタ記事が載っていた。

東京荒川区南千住に、当時、水道橋にある後楽園球場の向こうを張った、下町の野球場と言われたプロ野球場、東京球場があった。この東京球場の休みの日に「消防オリンピック」と題して、オリンピックを見に行けない子供たちと消防車やはしご車などと一緒に、競技などして一日遊ぼうと地元荒川消防署が計画したもので、多数の親子連れが晴天の下で楽しんだという記事であった。

「荒川にアイデアマンがいるんだな……」

鎌田の言う、創意工夫一つでマスコミが飛びつき記事になる証左であった。

記事を読んだ鎌田の顔がゆるんだ。鎌田が期待していた消防士の広報マンが一人育ってきていることの嬉しさを隠せずにいた。

消防広報の明日を見つめる鎌田に熱きものが沸きあがってきていた。

様々な感動ドラマを残して東京オリンピックは終えた。

鎌田の頭上に漂っていた勝島倉庫爆発火災の暗雲が払拭される日も近い。

第六章　学び多し消防署長一年生

消防署長は大学生

「鎌田君、おめでとう」

板橋消防署長への栄転である。

お祝いのお酒が届いていた。板橋区長からの祝い酒であった。

鎌田が東京都行政部へ派遣されていた当時の上司だったのが、板橋区長となっていた。鎌田とは一五年ぶりの再会を果たしたのである。

昭和四一年四月一日、江戸日本橋から二里、中山道の一番目の宿場町仲宿を管内にもつ板橋署へ勇躍赴任した鎌田伎喜。最初に迎えたのは、板橋の下を流れる石神川の両側に咲き乱れるサクラ吹雪だった。

早速に管内地図を広げた。消防にゆかりのある加賀鳶で有名な加賀藩前田家下屋敷跡、関東大地震後の人口増で昭和六年に急遽建造された大谷口水道タンク、江戸末期の剣客近藤勇の墓地など、板橋の由緒ある場所を探しては歩き回る、「管内を知り、人を知る」鎌田流の情報収集をはじめる。

「火消しにはハシゴがつきもの」と言っては、夜ごと同じ水商売の居酒屋の縄のれんをくぐり、マスコミ用語で言う「街ネタ」探しに勤しむ鎌田がいた。だが、鎌田にはもう一つの夜の顔があった。

出身が福島と言うことでなじみとなった居酒屋へ、閉店間際に一人で鎌田がやってきた。客がいないことで気を許したせいか、ほろ酔い気分の鎌田がつい洩らしたのは「この歳での勉強は、つらいよ……」であった。

閉店後、忘れ物の中に「鎌田」と書かれた大学ノートがあった。この忘れ物がきっかけで鎌田が夜間大学生であることが知れ、瞬く間に「わが街の消防署長さんは大学生」とうわさになって広がった。「人の口に戸は立てられぬ」であった。


鎌田の向学心を再燃させたのは、「消防手には頭はいらぬ」と言われた屈辱的な言葉と、新聞記者たちとの出会いが大きかった。記者たちの研ぎ澄まされた時代感覚と常に新しいニュースを狙う鋭い感覚は、記者たちのたゆまぬ向学心と旺盛な知識欲に裏づけられていると、鎌田は畏敬の眼でとられていた。消防広報をするにはもっと広い視野で物事を見たい、これが鎌田の向学心に火をつけたのである。

実家の経済危機を救うために単身群馬の桐生へ働きに出た鎌田はそこで学習塾へ通い、独学で高校卒業の学力検定証を手にしていた。鎌田は妻保子にも一言も言わずに、大切にしていたこの検定証で国士舘大学の夜間部への入学を果たしたのである。「今さら」という羞恥心、「卒業できなかったら……」という時の嘲笑などを思い浮かべ、鎌田は大学通学の一切を封じ込め、決して口外はしないと意をきめていたのである。

「まずいことを、言ってしまった……」

もはや後の祭りである。当人の思惑とは別に、居酒屋から端を発した「わが街の消防署長さんは大学生」は、街の人々の自慢話になって広がっていった。この噂を聞きつけた新聞記者が「長靴もって通学」と書いた新聞記事が出るやいなや、「頑張れ……」「素晴らしい……」「大学入試でがんばる孫に、読ませてやった……」と、見知らぬ人からの手紙までが舞い込む始末になる。

一躍、街の人気者に祭り上げられた鎌田は、「もはや、これまで」と開き直り、あの手この手で引っ張りだこの手を使い、鎌田節で「消防セールスマン」役をこなし、消防広報を実践してみせたのである。

「鎌田君、やるな」

大川総務部長は新聞記事を手に目をほそめた。

「都民防火の日」の誕生

板橋区は軍需工場が多かった。そのため米軍機の格好の空爆目標となり、多くの空襲被害を受けた。戦後、焼け野原から這い上がった板橋っ子の若者達の底力で、板橋も経済繁栄の途上にあった。

板橋復興の担い手の板橋っ子達は、鎌田と同年代であった。同じ戦中戦後のひもじさに耐え、勉強よりも家業優先の時代を生き抜いてきた同年代の街の人たちが、「大学署長」と親しみをもって鎌田の周りに集まるようになり、いつしか「佼喜会」という親睦会まで立ち上げてしまった。

佼喜会の発起人の一人の浴場主には、二年前、同業の浴場で火災があり、消火活動中の消防隊員二人が殉職したという苦い思いがあった。それ以降「浴場では火事は出さない」を合言葉に、浴場組合で自主的に防火運動を行っていた。

「署長、俺たちも応援するから、街ぐるみで火災撲滅運動をやろう」

「これだ、消防広報とは」

鎌田はやっと自分の意図する広報のあり方に気づき、意を強くした。

浴場主のこの提案が「都民防火の日」誕生につながって行く。

都民の理解と協力を得る鎌田広報が、板橋の地でじわじわと浸透してきていた。

えびす顔が鬼になった

赴任してきた鎌田署長への「歓迎放水」は、まだなかった。

前年の都内の火事は史上三番目に多く、今年に入っても前年を上回るハイペースで増え続けていた。だが奇妙にも、火災が多いと評判の板橋では、大きな火事もなく、いたって安泰な日々を過ごしていた。

「不気味だな……」

署員の間では、心穏やかな気ではいられない毎日の連続であった。

その日がやってきた。それは鎌田の広報人生にとって忘れられない火災になったのである。

昭和四一年九月二九日の未明、板橋区大谷口で起きた火事である。

署長公舎の電話がかかってきた。夜中の三時半、まだ人々が深い眠りの時である。署長公舎への夜中の電話は火事や事件と相場が決まっていた。

「火事です、逃げ遅れがいるようです……」

「まずい」、鎌田は直感的に最悪の状況を頭にえがいた。

鎌田が到着したときには、火事場はすでに火勢は制圧され、投光器で照らされた所にシートがかけられ鬼火のように蒸気がゆれていた。

「署長、すいません。母子の二人が、残念です……」

鎌田は署長就任以来「焼死者防止」をスローガンにしていたことから、隊長は自らの責任として無念さを口にしたのであった。

「ごくろうさん」と言い、隊長の肩をたたいた。ススで汚れた顔の隊長の目が潤んだ。

座布団で幼子を抱きかかえるようにして、焼け落ちた瓦礫の間に、母子二人が横たわっている。ついさっきまで乳房を吸っていただろう幼子が、幼子の成長を夢見ていただろう母親が――。

それはあたかも、幸せいっぱいであった母子から、無残にも幸せを奪っていった、人生の残酷な不条理を、鎌田に見せ付けているかのようであった。消防と言う仕事を選んだ限り、この不条理に目をそらして通ることはできない。

「ちきしょう――。」

鎌田のえびす顔が、鬼の顔に赤く染まっていた。

署長として初めての焼死火災。強く握った力こぶしを震わせ、鎌田は必死に憤怒をこらえた。そして、この母子の無念さを消防として無駄にしてはならぬと心に誓った。

焼死火災が残した教訓、それは「一一九番通報と避難の遅れ」であった。

「何がなんでも、やるぞ」

鎌田は消防広報の鬼と化し、区民から提案のあった「街ぐるみの火災予防をやろう」という運動を早速とりいれ、次々に施策を実行に移した。

「よし、板橋区も後援するぞ」

板橋区長の力強い言葉が鎌田を勇気つけた。

一一九番にちなんで、毎月一日と一九日を「防火の日」として火災予防キャンペーンを展開。焼死者防止策として熱より早く火災を感知する煙感知器を一挙に五〇〇個を人命危険建物に設置。区民一、五〇〇人を「防火推進委員」に委嘱、住民相互できめ細かな自主防火運

村田英雄一日消防署長（右）

動を推進。防火モニター制度をつくり住民からの消防に対する声を積極的に収集した。

管内には「火事は大声で皆に知らす」「早い避難と早い通報」といったポスターが、ところ狭しと貼られ、区民の目が注がれた。

鎌田の一言で人気歌手、「王将」の村田英雄が一日消防署長として板橋へやってきた。

♪――
吹けば飛ぶよな将棋の駒に、
　賭けた命を笑わば笑え……
明日は東京に出て行くからは、
　なにがなんでも勝たねばならぬ
――♪

板橋区長が、自らプラカードを持ち、行進の先頭を歩き、五千人の大観衆を集めての区民防火運動が盛り上がった。

「勝たねばならぬ」ではなく「やらねば、ならぬ」と、大観衆を前に鎌田節が舞い上がった。

鎌田家のピンチ

「やらねば、ならぬ」と、大見栄を切って実施した区民防火運動は、鎌田が意図する第一段階の成果をあげた。鎌田は「まずまずだった」と、ほっと一息をついた。

そんな時、鎌田家に思わぬ危機が迫っていた。

妻保子が体の不調を訴え、幾つかの病院で診察を受けるも、全身の痛みの原因は不明と診断され、床に伏す時間が多くなっていた。絶え間なく襲う、全身のしびれと脱力感、一家を支える母としての育児や炊事洗濯といった日常生活すら困難になっていた。

「薬害スモンの疑い」

医師から突然の宣告を受け、長期入院を促された。

寝耳に水の病名を聞き鎌田は耳を疑い、「先生、治るんでしょうね……」と医師に詰め寄った。「スモン」それは、現在の医学では、有効な治療法が確立されていない難病であるという、厳しい現実を思い知らされた。

「なぜ、うちに限って……」

途方にくれた鎌田から笑顔が消えた。

二歳になったばかりの子ら三人の子供は親類に預けての、病魔との長い闘いが始まった。鎌田にとっては消防署長の公的責任を果たしつつ、私的な学業と育児と妻の看護を行うということが、双肩に重くのしかかっていた。

「大学卒業を断念」を鎌田は決意した。だが妻保子にベットの上から「辞めないで、最後まで遣り通して」と咽び声で訴えられ、鎌田は意をくつがえして、自ら苦難の道を選ぶことにした。

「最近の鎌田署長、ちょっとへんだな……」

街の人々は、笑顔が消えた鎌田の異変に気づき始めていた。

「鎌田さん、最近、お店に顔を見せなくなった」

なじみの居酒屋からも噂話の輪が広がっていった。

事情を知った街の人々は口々に「がんばれ、負けるな鎌田」とエールを送る一方で、「鎌田を楽にさせよう」と街の有志たちが午後一〇時に「火の用心」を呼びかける夜警を始めだした。

公舎で一人暮らしの鎌田の耳に、夜遅くまで、カチカチと響く拍子木の音が届けられていた。

驚異的な発展をとげ、経済大国にのし上った日本国の陰の部分に「薬害と公害」の存在があった。

「薬害スモン」とは、一体何なのか。

妻保子の難病にショックを受けた鎌田は、日本の陰の「薬害と公害」に強い関心を持つようになり、夜間通学のかたわら、薬害についての資料をあさり、夜遅くまで目を通す鎌田の姿があった。

保子夫人と子供たち

薬害スモンは整腸剤キノホルムの服用によるものと断定して、製造と使用停止を決定したのは昭和四五年の事である。だが、妻保子の発病時にはキノホルムの国内生産と輸入量は増加の一途にあった。しかも、スモン病は「うつる病気」とうわさされ、世間から冷たい目でみられたとも言われていた。原因不明とされた患者は、長い間、心身ともに苦しめられ続けた。

「なぜだ……」

鎌田は憤りを隠せなかった。

キノホルムは戦前から生産され、外傷の消毒薬と赤痢治療に限られ使用されていた。その後、多量の服用には副作用の危険性あると指摘されていたにも拘らず「内服しても安全」とされ、整腸剤にも使用が広がり、しかも、投与量の制限を緩められた。その結果、昭和三五年頃から日本中で原因不明の患者が多く発生しだした。妻保子の発病は、薬害として認定する以前のことであり、まさに薬害スモン患者の第一号とも言えた。

戦後日本の「追い越し、追い越せ」の、大量生産、大量消費のブームに立ち遅れた日本の医療行政が見えていた。

「厚生省は何していたんだ」

全国から抗議の声があがり、薬害スモンの訴訟がされた。

「消防も、決して他人事では済まされない」

公害や都市災害といった問題が、目前にまで迫ってきていることを、この時、鎌田は強く意識したのである。

都市災害への挑戦を誓う

板橋消防署前の中山道では、都民の足であった都電が撤去され、代わりの都営地下鉄の工事で地下深くトンネルが掘られていた。トンネル発掘での浸水防止のため圧縮空気を送る新工事が昼夜行われ、酸欠空気という新たな公害と、新たな都市災害の芽が、消防署の真下で生み出されていた。中山道と環状七号線が交差する、板橋大和陸橋は都内有数の騒音と排気ガス被害で有名となっていた。

鎌田の目の前では、地下も地上も黒くくすみ、先が見えない劣悪な環境問題が広がりつつあった。

消防は、単に火事を消し、火災を予防するだけでは済まされない、新たな都市災害に兆戦をする消防行政が要求されてきていた。

「都市災害への挑戦」

鎌田が良く口に出す言葉だ。

これを言い出したのは、この板橋署の時からである。後に、鎌田は、新春を飾る東京消防庁出初式に「都市災害への挑戦」をテーマに掲げ、年頭に消防行政が目指す指針を都民に知らせしめたのである。

妻保子はリハビリの効果がでて自宅療養となり、後遺症が未だ残るが軽い家事をこなせるまでになっていた。鎌田家にやっと一家団欒の笑顔がもどりつつあった。

昭和四二年三月一〇日、大学の卒業式が行われ、卒業生の若者の中に四二歳になった鎌田がいた。「学ぶことの大切さを、鎌田さんは多くの人に教えてくれた」と卒業生の中から声があがり、「消防署長・初志一念」と大学新聞一面に、鎌田の卒業を祝福する記事が掲載されていた。

「おめでとう……」

祝福の声があがり、鎌田家のピンチが去ったとたん、今度は板橋を離れることとなる。同年四月一日、麹町消防署長への異動の辞令が届いた。

四二年四月、四二歳、四四代目の麹町消防署長。四（死）が五つも並び「縁起でもない」と人は言う。しかし、世（四）に出るで「縁起のよ（四）い」と、鎌田は勇躍、東京のど真ん中へと、世に出て行く。

異動の朝、鎌田を見送る街の人は集まってきた。

「板橋は第二のふるさとだ、いつでも帰ってこいよ。待ってるぞ」

街ぐるみの防火運動の提案者が声をかける。

「いつも店を開けとくから、きっと来てね」

居酒屋の女将もいた。

「板橋時代は苦しい時もあったが、暖かい人情の機微に触れ、救われた。消防人生で忘れられない思い出が多い」と、鎌田は目を細め回顧する。

板橋には今でも「佐喜会」があり、年一回の再会を鎌田は待っていた。

第七章　勝島倉庫火災の教訓

―失敗を失敗で終わらすな―

終わりのない、広報談義

「俺には四は縁起が良い」

鎌田�喜の言うとおり、縁起の良い数字が並んだ。

昭和四四年、四四歳の鎌田に、待望の広報課長の辞令が降りた。

「やっぱりね」

誰もが、うなずいた。

「また、騒がしくなるぞ」

誰もが、口に出して言った。

四が並ぶ昭和四四年は、世の中が騒然としていた。

東大医学部学生の研修制度反対から端を発した学

反日共系各派・反戦青年委が銀座を中心に路上占拠、
国電・新幹線ストップ…東京駅構内

園紛争の嵐が全国に吹き荒れる一方で、反安保、反戦、沖縄返還のデモで日本中が揺れていた。

四年ぶりに戻った千代田区永田町の東京消防庁広報課の窓の外は、健康保険法や防衛法案などで混乱が続く、白亜の殿堂国会議事堂が聳え立っていた。各地で起きている紛争や混乱、それはあたかも鎌田が今まさに、世に出ようとする消防広報の前途は、決して楽な道だけではないことを暗示しているようでもあった。

「鎌田君、ひと苦労頼むぞ」

第六代消防総監になっていた大川鶴二は、早速に鎌田を総監室へ招き入れ、二人だけの広報談義が行われた。

大川鶴二第六代消防総監

「決して忘れない」と固く誓った、一九人の殉職者をだした痛恨の勝島倉庫爆発火災に話が進み、鎌田が消防署長として体験をした、立ち遅れている災害現場の広報体制について、鎌田節が延々と続いた。

「来客がお待ちです」

たまりかねた秘書がドアをノックして、持ち時間がオーバーしていることを知らせていた。「鎌田が入ると長くなる」、そんな話が庁内に知れ渡るのも、時間の問題であった。

私心がなく、一途に消防のことを思い、粉骨努力する鎌田佐喜に大川総監は信頼を寄せていた。だが、「あまり無茶するな……」のアドバイスも忘れてはいなかった。

ゴルフ、マージャン、競輪、競馬などは一切やらず、仕事人間を自認する鎌田を「面白みの無い奴」と言い、マスコミを味方にして「言いたい放題する奴」と鎌田を誤解して色眼鏡でみる人、人はみんな様々で、長所が短所であり短所が長所である。「出る杭は打たれる」のたとえの通り、鎌田を鬱陶しい思いで見ている同僚仲間もいることを大川総監は危惧していたのである。

鎌田広報には外敵だけでなく内敵もいるのである。それは人間が持つ煩悩がなすわざであり、どんな組織にも存在する宿命的なものであった。

えびす顔で広報課へ戻った鎌田は、開口一番「今晩一杯やるか」と課員に声をかけた。その夜、有楽町のガード下の居酒屋では、広報談義が延々と続けられていた。

現場広報へのステップ

テレビ、ラジオの爆発的な普及で、日本は情報化社会に突入し、東京は眠れぬ二四時間都市となっていた。

東京では火事があれば、消防車の出動指令と同時に、警視庁と東京消防庁にある記者室に即報され、マスコミ陣が一斉に競っての電話取材が開始される仕組みが出来ていた。

夜間の火災発生で、広報課内に殺到するマスコミからの電話攻勢にさらされるのは二人の当直員で、一睡の出来ない過酷な当直勤務を強いられていた。

火災現場からの無線情報は119番の指令室に集中されてはいるが、現場では消火や救助の消防活動の情報が優先され、マスコミが求める情報は限られ、取材先はおのずと警視庁広報課や所轄警察署へと向かうこととなる。

急ピッチで進む情報化社会の中で、東京消防庁に広報課が新設されたと言っても、依然として消防の現場広報の立ち遅れが課題として残っていたのである。

「鎌さん、しっかりしてよ」

事件記者からの、挨拶代わりになってしまっていた。

広報課への電話攻勢はマスコミだけではなかった。

サイレンが鳴りやまない二四時間都市東京は、一般住民からの、火災の問い合わせをはじめ、サイレンの音がうるさいなどと言った消防への苦情や要望、相談などの電話が二四時間かかってきていて、その対応の最初の矛先は広報課員に向けられていた。東京消防庁には都民からの声を、受け付けて処理をすると言った、専門の「公聴対応」は遅れていたのである。

大川総監は約束を果たしていた

「是が非でも『災害現場広報』を実行しなければならない」

勝島倉庫火災の教訓であった。

当時、総務部長であった大川鶴二と広報係長であった鎌田佐喜の二人で交わした約束ごとでもあった。

鎌田が板橋署長として赴任している間に、大川総監が誕生した。大川総監が最初に手がけたのは、鎌田との約束事であった、広報課に災害広報用の広報車を制作配置することであった。

災害現場広報のモデルケースとして、職員の「増員はナシ」と言う条件付で広報課へ配置された。だが、その運用は広報課員が勤務中の昼間だけに限定され、夜間の報道対応は手薄なままにおかれ、夜間の二人宿直についての労務管理上の問題などが未解決のままでの、見切り発車となっていたのである。

「効果があれば、増員もあり得る」

広報課員の増員という淡い期待を持ち、昼間だけでも一層の広報効果を上げるには、広報課員は少ない人員で頑張るしか方法がなかったのである。

「今は、君たちに頑張ってもらうしかない、頼む」

鎌田広報課長は、課員を諭し、激をとばした。

広報課の初の広報車は、一九人の尊い命を犠牲にした勝島倉庫爆発火災の教訓である「災害現場の指揮体制の充実強化」を実現する施策の一つであり、いずれは各消防署が指揮隊車として配置するための試金石でもあった。

「息子を返せとは言わない。しかし、こんな悲しく辛い事は、二度と起こさないで」

大川総監は殉職した職員の家族が涙ながらに訴えた、血を吐くような言葉を決して忘れてはいなかった。

「失敗を失敗で終わらせない」

大川鶴二総監は心に秘めていたのである。

大川鶴二が消防総監になって一年。組織のトップになってみて部下職員の命を護ることの責任の重さをしみじみと感じ、現場での消防活動で遅れていた、「安全管理と危機管理」についての諸施策を進めるよう命じていた。特に従来の、燃焼物体や火災対象物という「物」に対する消防活動指針に加え、新たに人間の心理学的行動理論や健康管理など医学的要素をも取り入れた、「近代消防戦術」を編み出すように厳命したのである。

広報課の広報車の任務として付されたのは、マスコミと言う異種から得た経験を生かし活用できる様、近代消防戦術を検討するに足りる情報収集と現場広報の二つの成果をあげる事が求められていたのである。

鎌田は東京オリンピックでの世界のメディアが集まったプレスセンターで見た情報収集、分析、決定、実行、確認と言った一連の流れを広報課員に求め、「君たちなら、できる」と激を飛ばした。そして「分からない」も立派な情報だと噛み砕いて教えていた。

「広報課の現場広報は良くやった」

幾多の現場へ出動した「本部7」は、マスコミが驚嘆するほどの手際のよい情報収集と適切な報道発表を行い、現場広報の効果を上げ、所轄署の「本部7」に対する感謝の声が消防幹部に多く届いていた。

モデルケースとして実施した「本部7」の効果は認められたのである。

広報課の報道担当に増員が認められ、「本部7」という広報車の登録無線番号が認可された。出動基準は課員の価値判断に一任され、都内全域が担当の災害現場広報の任務に当る、昼夜間の「本部7」による現場広報が本格運用され現在に至っているのである。

さらに念願であった、全消防署に消防活動の総合指揮をする指揮隊制度ができた。指揮担当、情報担当、通信担当が大隊長の部隊指揮判断をするに必要な情報処理をするといった、近代消防戦術が展開できるようになった。

勝島爆発惨事から一一年、この実現には、望楼勤務の廃止や、ポンプ車のペアー出動制度などで余剰人員を確保するなかで、並々ならぬ内部努力が強いられた長い道のりではあった。

大川総監が希求していた災害現場の指揮体制が確立され、鎌田が唱えていた「都市災害への挑戦」ができる消防体制が確実に前進していたのである。後は、それを運用する「人づくり」にあった。

勝島倉庫爆発火災という悪夢は消し去ることはできないが、一九人の英霊と遺族に誓った

「二度と繰り返さない」ための試金石を果たしたという思いを抱いて、大川鶴二は六年間の長きにわたる消防総監の職を退くことになるのである。

新しい風が吹いてきた

鎌田が板橋消防署長の時、「都民とともに」を掲げ、保守二〇年を突き破って、革新知事、美濃部都知事が誕生していた。

戦後の復興から発展へと、保守系都政が歩んできた時代は、昭和元禄とも言われ、高度経済成長が謳歌される一方で、公害、福祉、社会格差など、様々なひずみも生まれてきていた。「これが幸せな生活なのか」と、多くの都民が足を止め、身の回りの変化に気づき始めだした。そんな時に「都民との対話」をひっさげ、美濃部スマイルで颯爽と登場してきた革新知事に、都民は新しい風を感じ、喝采をおくったのである。

テレビに映しだされた美濃部新都知事に対する熱狂的な歓迎ムード。それは一年前に鎌田が行った「板橋区民防火の日」のイベントにも似た想いを、ほうふつさせていた。

「何かが変わる、消防も変わる」

鎌田はその時、新しい時代の到来を確信したのである。

交通事故死が激増して「交通戦争」と言われていた。

マイカー時代を向かえ、排気ガスと騒音を撒き散らし、我が物顔で道路を独り占めしている自動車の群れ、カーラジオからはひっきりなしに交通情報が流れていた。

この交通状況の中で、緊急出動した消防車や救急車が巻き込まれ悪戦苦闘している、しかも救急隊員は日夜、救命救急で奮闘しているにもかかわらず、隊員たちの声や姿が表面に出てこない。このことを鎌田は知っていた。救急隊員は「もの言えぬ、もの言わぬ」人たちであることも。

鎌田は「救急出動伝票」の中から「街ネタ」を探し出し、マスコミに流すように報道係員に秘かに指示をした。

「ラジオを使わない手はない」

鎌田は以前自ら言っていた「消防のセールスマン」役を買って出て、ラジオ局周りを行い、消防情報の放送依頼の協力をしてまわった。ＴＢＳラジオの「ダイヤル１１９」や文化放送での「救急速報」などの火災救急のラジオ速報広報が動き出したのである。

また、ひそかにやりだした救急の街ネタ情報も、殺伐とした事件事故が多い時代に、ほっとする微笑ましい話題がうけ、新聞に掲載される救急活動の記事が目立って多くなり、新聞記者も救急への関心が次第に高まってきていた。

救急広報へギアチェンジ

「また、鎌田か。長くなるな」

消防総監室に鎌田が出入りする時間が多くなっていた。

東京の救急出動はうなぎ上りで増加の一途にあり、今や救急は従来の「運び屋」と揶揄されている「搬送業務」といった生易しいものでは無くなっていた。

救急現場と医療機関との緊密な連絡体制や、救急現場での救急処置と病院での医療処置との緊密な連携など、人命をあつかう救急現場の最前線では、救急業務のより幅広い「行政的対応」が求められてきていた。

「関係機関との連絡調整など、行政的対応の必要性から『救急部』の新設を東京都と検討している」

大川総監は鎌田に救急部構想の現状を語っていた。

「鎌田君、愛される救急隊をアピールしてくれ」

「運び屋」と見られている救急隊の本当の苦労を多くの人は知らな過ぎた、それは消防内部にも消防の本業は「火消し」で、救急隊はおっつけ仕事だと言って軽視していた歴史的背景があったことも歪めない事実であった。そして大川総監は鎌田課長に強く指摘した「東京消防庁の広報にもその原因があった」と。

「街ネタ」の話題だけでのアピールでは遅すぎる。救急部新設のためには即効薬的に効果が上がる救急広報を展開する必要がある、それには「何をすべきか」と、鎌田課長は思案していた。

「お父さん、NHKテレビの『ある人生』って番組で泣いたわ……」

妻保子が言った言葉を思い出した。

NHKテレビの『ある人生』番組とは、一人の無名な人間にスポットをあて、その人の苦難や挫折を乗り越えた波乱万丈の人生を紹介するドキュメンタリー番組で、NHKテレビの人気番組となっていた。

救急隊員のある人生

「それだ――。」

鎌田は板橋署のときのベテラン救急隊長を思い出し、隊長の救急人生をＮＨＫへ売り込む作戦にでる。

軍隊の衛生兵として戦場で死線をのり越え、復員後は消防の救急隊員へと、「人命救助一筋」に生きてきた知られざる人生に鎌田は感動し、心底ほれ込んでいた部下の一人であった。

テレビブームに沸く時代、ＮＨＫにとっても、鎌田広報にとっても、正にうってつけの内容であり、タイムリーな時と言い、テーマにもぴったりとマッチしていた。大川総監に「広報も悪い」と指摘された広報の鬼鎌田は「これに気づかぬ俺は、何していたのか……」と悔やんだ。

「鎌田署長さんの、お役に立つならば」

電話の向こうから流れてくる絶妙な鎌田節に、さすがのベテラン救急隊長も二の句を告げず、出演協力の意を示したのである。

「あの強引さには、参ったよ」と当初は困惑していた隊長だったが、放送後では「ありがたいものです」と鎌田に感謝の意を伝えていた。

「いい話ですね、ぜひ、やらせてください」

ＮＨＫ担当者も感動し、取材の協力依頼を正式に申し込んできた。

板橋消防署も地元板橋の人々も全面協力、とんとん拍子に話が進み撮影も順調、あっと言う間に撮影が完成し、午後七時三〇分のゴールデンアワーで放映されたのである。

狭い救急車内で、出産間際の若い妊婦をわが娘のように労わり励まし、産声を聞いた瞬間にうれし涙をみせた隊長。泥酔者に「あんまり飲むなよ」と優しく諭す隊長。自分が搬送したことのある入院患者の所へ立ち寄り「元気になって良かった」と一言声をかける隊長。新しい靴下数足を用意し出動ごとに履きかえる隊長。出動で冷めて伸びきったラーメンをすする隊長。深夜の帰署後の書類処理中に再度出動する寝不足顔の隊長。休日に自宅で寛ぐ隊長が語る顔には、戦前戦後の苦難な人生航路を歩んできたあかしが幾筋にも刻まれていた。

人情が薄れ、殺伐とした時代に、二四時間、黙々と、ただひたすら他人のために働く、知られざる救急隊員の実情を、テレビで初めて知ったと言う人は多かった。

「ただ今、電話が込んでいます。恐縮ですが……」

ＮＨＫへ電話が殺到した。

「感動した」「よかった」「もう一度の再放送を」といった番組への絶賛の電話が途切れることが無かった。

地元板橋消防署だけでなく、各消防へも「わが街の救急隊」に対する激励や感謝の電話が鳴り響いていた。

「鎌田君、よかったな」

大川総監からの電話であった。

テレビ放映の影響は大きかった。

全国から激励の手紙が救急隊長本人と東京消防庁にも多く寄せられた。

「東京都知事も見たらしく、救急隊みたいな職員にはもっと待遇改善を図るべきだな……」と言っていたと、記者から耳打ちされた。

「朝から議員などからの電話が、ひっきりなしにかかってきたよ、鎌田君でかしたな……」

総監室で、大川総監と鎌田課長の救急談義が行われていた。

昭和四六年、暮れも押しつまった一二月、東京消防庁に待望の「救急部」が慌ただしく誕生する。「搬送業務」から「救急行政」へと東京消防庁の救急の諸施策が加速されていったのである。

救急広報が功を奏したかは定かではないが、「広報も悪かった」と指摘されたことが幾分解消され、しかも救急隊員が消防隊員と対等に見られるようになったことに鎌田は嬉しさを隠せなかった。

「今度は、広報部だな……」

大川総監は口に指を立て小声で言った。

「え―っ」

鎌田は、耳を疑った。それは予想していなかった、余りにも唐突な一言であったからである。

「来客がお待ちです」

いつものように、秘書がノックして持ち時間が過ぎたことを知らせた。

総監の言わんとした意図を胸の奥に仕舞い込み、鎌田は部屋を出た。

第八章　突っ走った広報

時代が動き出した

「今度は、広報部」

大川総監の一言が耳に残り、片時も忘れることはなかった。

救急部が新設されて間もないと言うのに、立て続けに広報部の新設という組織拡充を匂わす発言に、鎌田はその真意を測りかねていたのである。

総監の意図するものは如何なものなのかと、総監に問い正したいという思いはあったが、今は、鎌田個人が軽々しく口に出すことではないと心にきめ、いつか必ずや消防総監自ら公言する。鎌田はその時を待った。

「公害列島」と言われる日本。美濃部都知事が誕生したときには、東京でも公害がピークに達していた。

「夢の島へ行けば何でもそろう」

そんな言葉が飛び交うように、三種の神器といわれた電気冷蔵庫も手間ヒマかけずにゴミ捨て場へと、東京二三区の一日のゴミ一万トンが江東区の夢の島へと運ばれ、すでにその夢の島も悪臭を放し、満杯になっていた。

大量生産、大量消費に踊らされた昭和元禄のひずみの一つが「東京のゴミ戦争」であった。

「都民との対話」をひっさげた美濃部都知事の登場で、今まで遠い存在でしかなかった都政が、身近な都政になったことを実感した都民は、自ら進んで「都民参加」の呼び声に応え、「ゴミの島は、もういらない」と江東区民が抗議集会を開き、さらに「他区のゴミはごめん」と、座り込んでのゴミ搬入反対運動に発展していった。ここに至り、都知事の「東京のゴミ戦争」の宣言がだされたのである。

時代が動き出した。

薬害や公害などから端を発した住民パワーは、大きなうねりとなって全国各地に波及して行き、ゆがんだ現代社会に改革という変動を起こしていることを、鎌田は見つめていた。

火をつける消防

ゴミ公害は環境問題であり、消防行政とは縁遠い問題だとして、傍観者の立場を貫いていた東京消防庁であったが、埋め立てられた大量なゴミが自然発火し、ゴミの山が燻り出したのである。

「夢の島に煙が上り、赤い炎も見える」

傍観者でいられた消防に、ついに出動の出番がまわってきたのである。

寝苦しい夏の夜、近くの団地住民からの119番通報であった。

悪臭が漂う真っ暗闇の広大なゴミ広場で、どこが火元か分からない燻る付近をめがけて水を撒く消防隊員。「これは消火活動ではない、単なる水撒き作業だ」と、ゴミと煙と悪臭と、アリ地獄の穴にはまったように、膝まで吸い込まれるゴミの山の中での悪戦苦闘が朝方まで続けられた。


「いがらっぽい煙が……」「煙みたいな悪臭が……」

ゴミに悩まされ、臭気にも過敏になった住民からの苦情の119番通報が消防へ寄せられ、そのつどポンプ車が出動する騒ぎになり、公害問題は、もはや消防も無関心ではいられなくなっていたのである。

そんな最中、生ゴミが発生源で、ハエの異常発生が問題になっていた。

「窓も開けられない」といった苦情が東京都の公害担当へ殺到し、「悪臭とハエの両方から苦しめられる住民」と、新聞紙上を連日にぎわせるハエ騒動が起きたのである。

大量の薬剤散布は健康に害があると言う理由から、東京都はハエ被害の根絶を図るために焼却処分を決め、東京都の対策本部から「ゴミ焼却の点火と消火」の協力依頼が東京消防庁へ回ってきた。

ハエ退治の害虫駆除は関係ないだろうと、高をくくっていた東京消防庁は「寝耳に水」の依頼に驚き、耳を疑った。

「地方に伝わる野焼きならいざ知らず、ゴミに火をつける消防なんて前代未聞だ……」と、困惑する消防はハエ退治への協力には難色を示し、消防の本道を貫く姿勢をとる意見の消防職員と「困っている住民を見捨てることは酷だ」と言う協力賛同の消防職員と、東京消防庁内で賛否両論に分かれ、ひと悶着の騒ぎが起きた。

ゴミ問題は正に、底知れない公害の原点であり、未だ鳴りをひそめる未知の公害や都市災害に、東京消防庁は避けて通ることは出来なくなっていた。

「総監、住民は被害者です。消防に助けを求めています。消防を頼りにしています。協力できることなら協力し、都民の信頼に応えましょう」

「都民とともに」を信条として消防行政を進めてきた鎌田は、協力派の意見に賛同して、大川総監に鎌田節で強く迫った。

ハエ退治は、東京都の関係部局からの支援を受けて実施された。その中に警戒する東京消防庁の赤いポンプ車が見えた。

「ハエ退治に消防車が出動」

テレビや新聞に報道され、地元住民からは感謝の声が上がった。

光化学スモッグ第一号

「生徒が運動中に倒れた。大勢います」

昭和四五年七月一八日、新型の公害「光化学スモッグ」の第一号発生を告げる119番通報であった。

杉並区の高等学校の運動場で、数名の女性徒が吐き気を訴え、倒れたという救急車の要請であったが、突然の、しかも数名の原因不明の吐き気と卒倒と言う119番の情報に、只ならぬ異変を察知した東京消防庁は、救急車と化学消防車などを出動させ、救護と原因究明に当たらせた。

真夏の太陽がギラギラと照り付ける午後の時間帯での、突然の奇怪な事件。マスコミも動き出し、広報課の現場広報車「本部7」も出動した。

化学消防車は、ガス分析や空気中の酸素濃度などを測定分析するも、直ちに人体に影響を及ぼす異質物質は検出されず、さらなる専門的な原因究明を求める応援要請をした。「本部7」は、消防化学車では検知できない、ガス中毒、農薬散布、食中毒、薬物中毒、細菌散布犯罪、熱中症、紫外線被害、空中微生物など、推定できるあらゆる要因を想定して、公害研究所や保険所を始め警察、各種研究機関への応援要請をして、得体の知れない謎の原因を究明する対応に当たった。

吐き気を訴えていた女生徒四十数名は救急搬送され全員が軽症ですんだが、病院での診断結果は「脱水症」「日射病」「過労」「精神的パニック」等の疑いとされ、その原因は不明となり、都民に不安が広がった。

都公害研究所は、大気の強酸化物質らによる複合汚染が原因の「光化学スモッグ」と断定したが騒動は治まらず、大気汚染状況の悪い地区内の学校では一時場所を移動しての勉強も検討され、都内での被害届けは五千人にも及んだ。

「光化学スモッグ」第一号発生から一〇日後、東京都は光化学スモッグの「注意報」と「警報」の発令を正式にスタートさせ、連続五日間にわたる光化学スモッグ注意報が都内全域に出され、東京消防庁の全消防署から広報車を総動員して都内を巡回し、無用な外出は控えるよう「スモッグ注意」の呼びかけにあたった。だが、光化学スモッグの元凶といわれる自動車や工場からの排出ガス規制問題は先送りされ、公害の根本的解決策の難しさを改めて浮き彫りにした。

東京は最高気温三二度を超える日が一二日間続く史上二位の猛暑日記録となり、都民はスモッグと日射病と熱中症の三重苦を強いられ救急車がフル回転の騒ぎとなったのである。

「わが国の公害防止対策は着実に軌道にのっている」

国は公害白書で発表したが、東京都の公害は、年々悪化の一途をたどっている状況から、余りにも楽観的だと言う批判の声が上がっていた。

七月三一日に、国は遅まきながら、中央公害対策本部を発足させた。

東京都では、公害対策会議のメンバーに東京消防庁も参画することになり、消防も火災以外の公害問題や新しい都市災害など、従来の既成概念にとらわれない行政姿勢を東京消防庁に求めてきていた。

初の欠陥製品公表

広報課報道係は、朝のミーティングから始まる。

災害出動した「本部7」の宿直者からの事件事故報告で、マスコミから鍛えられた批判精神旺盛な若き広報マンたちの喧々囂々の意見が飛び交う。

一件の災害報道の報告から、話題がいつしか、消防行政の未来への展望やら、公害問題などで閉塞した消防行政の現状を憂える話などにエスカレートするのが常であった。

「これで、いいのか消防は……」

論議の終わりは決まって、明日への期待と反省の声で締めくくった。

「論議は大いにすべし」

鎌田は、若かりし頃の自分を省みて、次代を担う若き広報マン達の熱気ある議論に、目を細めて聞き入っていた。


「変な事が起きている」

「このままで、良いのか」

好奇心旺盛な報道係員の、この一言が、生活用品をはじめとする欠陥製品問題として社会的反響を呼び、「製造物責任法」や「消費者安全法」といった、国民の「生活安全」に関する法律が誕生する動機となったと言えなくはない。

当時、東京では、毎日千件近い消防車や救急車の出動がある。その出動記録表の中を丹念に見てみると、火災にまで至らない程度の家電製品の発煙事故や、ガス中毒事故等が目立って多くなってきていたのである。

鎌田が広報課長として就任間もない時に、「救急出動記録表」の中から「街ネタ」を探し出し、マスコミに流すように報道係員に指示していたことが、ここにきて大量生産、大量消費の経済大国日本に、一つの警鐘をならす結果につながってきたのである。それは、鎌田が片時も頭から離れない「広報部」誕生の動議付けにもなったのである。


「部屋に異臭がする」

外出から帰ってきた主婦からの119番の通報が入った。

東京消防庁では、ガス漏れの危険性を危惧して、消防車が出動して調査に着手した。その結果は、ガス漏れでなく、炊飯器の電子ジャーの差込コンセットに吹きこぼれた蒸気の滴が流れこみ、電気ショートしたのが原因と判明した。

小火(ボヤ)にも至らない、些細な異臭騒ぎは、「消し忘れて、外出した私が悪い……」と、家庭の主婦が平謝りと言うことで一件落着となった。

「一寸、変だぞ」

「街ネタ」探しの報道係員は、この異臭騒ぎの結末に疑問を抱いた。

「本当の原因は別にある」

どんな小さな事故でも、そこには大きな事故の発生を暗示していると言う教訓がある。つい見過ごしてしまいそうな小さな事故ゆえに、たいしたことがないと軽視しがちな要因が重なり合って、大事件を誘発していった実例が、過去の大事件・事故で教えている。

係員は早速、調査課へ出向き、最近の火災事例を聞きとり、電子ジャー製品の火災事例が目立ってきていることを突き止め、その原因がいづれも、コンセットから出火していることの確認を取った。

驚異的な経済発展をした日本の、大量生産・大量消費のつけが欠陥製品事故となって現れ、結局は国民が被害者となる。正に欠陥製品事故はゴミ公害と類似していたのである。

「主婦のミスでは、すまされない」

報道係の朝のミーティングで係員は、鬱憤を晴らすかのように、口角泡を飛ばす勢いで主張した。

古くから国民の間で注目され、関心が高い薬害問題なら、主管は厚生省と判断がしやすいが、新しく噴出した公害問題は、その原因や被害などが複合化して、一つの行政機関の対応ではその解決は難しい事が明らかになったように、欠陥製品問題も対象製品は多種多様であり、その原因一つをとってみても様々な事が考えられ、現存する行政機関での対応では自ずと限界があり、主管の行政機関を明確に特定しにくい、いわゆる行政の谷間で起きた事故事件のケースであった。

「広報課は何をすべきか」

電子ジャーを欠陥製品だと、東京消防庁が独自で断定することは、消防法上で許されるのか。報道係員たちの議論は法律論にまで及び、ついに議論は行き詰った。

朝のミーティングの聞き役でいた鎌田課長が突然、議論の輪に割って入り一つの問題を提起した。

「君たちは、主婦のミスなのか、製造側のミスなのか、どちらを選ぶのか」

係員たちはいつもと違う鎌田課長の厳しい口調に威圧され、言葉を失った。

「広報課は事実を知らすことが仕事だ。知らせないことは、現に被害が出ているのを知っていて隠す事にもなりかねない。被害を大きくしない為にも、まず火災事例を発表して、様子を見よう」

鎌田課長は、マスコミへの情報提供を最優先だと結論づけた。

「急げ」

鎌田課長の指示を受けた報道係員は、朝のミーティングを終えるやいなや、一斉に席を立ち、報道発表の準備にはしった。

「電子ジャー火災について」をタイトルとした報道発表文が書きあがった。

文面は鎌田課長の指示とおりに、過度に事を荒立てる誇張文はさけ、淡々と事実だけを記述した発表文に仕上がっていた。そこには「欠陥」という二文字は無く、使用者への注意喚起と製造会社に対しての事故防止対策の要望が書き添えられていた。

「消防庁です。発表します」

報道係員は淡々と発表文を読み上げた。

記者の反応は素早く、読み終えないうちに本社へ電話連絡を始め、それぞれ競って独自の取材を開始した。

「欠陥電子ジャー、火を吹く」

欠陥商品の回収を報じた各紙

「東京消防庁が欠陥品の回収を要望」

新聞の社会面に「欠陥」という文字が躍り、新聞各紙が大々的に報じた。

新聞報道の反響は大きかった。

自治省消防庁など国の行政機関や東京都、さらに全国の府県からの問い合わせ電話が東京消防庁へ殺到したのである。

「鎌田君、朝一番に来てくれ」

大川総監からの電話であった。

広報部への試金石

ゴミ公害をいち早く「ゴミ戦争」と名づけ、公害に真っ向から取り組んでいる美濃部都知事が、この「欠陥製品」問題を見過ごすことはなかった。

すでにこの時、美濃部都知事からの電話が大川総監にかかってきていたのである。

朝九時、総監室に関係部長が集まっての会議が行われた。

会議資料には新聞記事のコピーがあった。

「これからの消防は、ソフト面に目を向ける必要がある」

大川総監は、従来の消防設備など、物を重点にした傾向にある消防行政を、人を対象としたソフトな行政にも積極的に取り組むべきであると明言したのである。

大川総監が「ソフトな消防」を口にした事は、「広報部」新設は今がチャンスと、その実現の手応えを感じとったことを意味していたのであった。

鎌田はこの時、大川総監が「広報部」を公言したと確信した。

「鎌田君、頼むぞ」

大川総監は腹心の鎌田にその期待を託した。


報道後も電子ジャー火災が頻繁に発生し、その都度「あいつぐ欠陥電子ジャー火災」と新聞紙上を賑わせた。責任を痛感した製造会社の幹部らが東京消防庁の広報課へ謝罪に来て「欠陥」を認め、製品回収を約束したが、時すでに遅しで、ついに会社の倒産という、結末を迎える事となったのである。

立法と行政の遅れがもたらした欠陥製品問題、そして今も被害が絶えない欠陥製品の事故。

街ネタ担当の報道係員には「これで、いいのか……」という焦燥感が昂ぶった。だが、電子ジャーの欠陥問題はほんの入り口に過ぎず、天然ガスの噴出爆発という新たな都市災害や石油ファンヒーターなどの欠陥製品が、続々とその正体を見せ始めていたのである。

最高裁判所に新公害が襲う

東京が抱える問題はゴミや公害だけではなかった。

世界に追いつけ追い越せとばかりに、より早く、より高くを目指した日本は、超高層ビル、地下街、高速道路、地下トンネルなどが出現し、新たな都市災害が頻発していた。その一つ、昭和三六年八月に「酸欠空気事故」と言う聞きなれない原因の都市災害の人身事故が、東京日本橋の地下駐車場工事現場で起きた。東京で最初の酸欠空気事故であり、得体の知れない酸欠空気と言う怪奇なものに初めて接した救助隊員たちも戸惑い、その救助活動にも齟齬を来たす結果をもたらした。その後、都内各所で掘り起こされる地下トンネル工事で酸欠が原因の事故が発生していたが、抜本的な安全対策が行われずに放任されたままにされていた。

✍――（酸欠空気事故）――

酸欠空気事故とは、昭和三〇年代から地下鉄や上下水道・ケーブルなどの工事で地下水の浸水防止や良好な地下工事労働環境などを確保するために圧縮空気を送って作業を行っていたが、その圧縮空気が地層を通過する際に、空気中の酸素が急激に消費され、酸素濃度が薄い酸素欠乏となり、地下で作業する人が窒息死するなど、人体に危険な状態を起こす人災事故。

――✍

装備も人員も体制も何もかも不備な東京消防庁に、待ったなしに挑んでくる新型都市災害。手をこまねいていることでは済まされない東京消防庁は、昭和三七年になって、不要になった消防車両を改造して、新専任救助隊を試験的に発足させた。だが、都市災害は複雑多様化しかつ大規模化して、高度な技術をもった専門的な救助隊の必要に迫られ、昭和四四年に鎌田署長が勤務する麹町消防署永田町出張所に、救助を専門とする装備と救助技術を修得したレスキュー隊員で構成する特別救助隊を一隊だけを発足させた。

この永田町特別救助隊らがハイパーレスキュー隊として、後の東日本大震災で高濃度の放射能が飛散した福島原発事故に駆けつけ、決死の消防活動を行うのである。

昭和四六年七月二六日、東京消防庁庁舎の真ん前で工事中の最高裁判所で酸欠事故が発生した。

「作業員の転落事故」との119番の一報では「酸欠」との情報は無く、現場では作業員のミスによる単なる転落事故と判断。地下工事の現場では「酸欠」に関する実態を掌握している人はいなかったのである。

作業員一人が地中のクレーンが故障したので急いで地下へ降りる途中に転落、助けに向かった同僚も途中で転落し宙吊り状態であった。鍛え上げられた救助の専門隊員の永田町特別救助隊が、地下一〇メートルから下では酸素濃度が極端に低下していることを確認して、初めて「酸欠」と判明した。

工事用のコンプレッサーと救助器具の送風管の両方で、強制送風を行いながら、決死の救助作業をするも作業員二名は窒息死という、都心の真昼間で起きた悲惨な結末になった。

東京消防庁のハイパーレスキュー隊の前身でもある永田町特別救助隊が出動し、生々しい現場での救助活動がテレビで放映され、その名が初めて全国に知らされ、また「酸欠」という死を招く都市災害の恐怖を知らしめた事故でもあったのである。

東京消防庁は死を招いた酸欠事故を重視し、直ちに、東京都公害局へ安全対策を申し入れ、同年一〇月に遅ればせながら、公害局と労働基準監督局で消防を含めた関係機関の対策連絡会を発足させ、地下工事には「酸素測定器」の設置を義務付けるなどの安全対策が図られた。

相次ぐ都市災害の発生に、東京消防庁に一隊の専任救助隊、永田町救助隊は多忙を極めていた。

すでにこの時には、利便性を追い求めて来た日本の生活様式の変化に伴い、その反動として、家庭生活の身近なところでも、様々な問題が起き、東京消防庁はその対応にも追われていたのである。

「バス・トイレがロックされ子供が閉じ込められた」。「マンションの自動ドアーが閉まり開かない、室内に子供が」。「子供がビデオデッキに指が挟まれ抜けない」。「テレビから異臭がする」。「換気扇を回しても息苦しい」。「ローソク立てまで燃える」。「スプレー缶が破裂した」など、身の回りに起こる危険や異変を察知した都民の119番通報が多くなってきていた。また「指輪が抜けない」と言って消防署へ助けを求めてきて、救助器具で指輪を切断して、無事に指輪が抜けて事なきを得た話が人々の噂にのり「私も、私も」と、いつしか、困った人の駆け込み寺ならぬ「駆け込み消防」となっていた。

この時流を見たとき、「火災と救急は119」の時代から「困りごと何でも119」の時代へと、都民の「生活安全」思考の変化は、新しい消防行政への転換をも意味していた。

女性消防官の誕生

大川総監は、特別救助隊の強化や全消防署に「災害現場指揮隊車」を配備する計画の達成、さらに救急部に次いで「広報部」の新設と言う、ハードとソフトの二つの懸案事項を達成させることが悲願であったが、その実現には消防官の増員という難題が立ちふさがっていた。

美濃部都知事は就任以来、一貫して都政のムダを省き行政の合理化を掲げ、東京都職員の増員には慎重な姿勢を堅持していて、たとえ消防官と言えども、増員には首を縦に振らず、消防官の増員計画は暗礁に乗り上げていたのである。

消防官の増員問題での、わずかな光明といえば、美濃部都知事が消防に対して好意的である事であった。「消防に国境なし」の平和主義と性別・思想信条・貧富などの差別なき人道主義を貫く消防行政を、美濃部個人としても高く評価していたのである。

昭和四六年、東京都知事選挙で美濃部知事が大差で再選を果たした。

再選後初の六月都議会が開会されたが、累年積み残された、ゴミ戦争や光化学スモッグ公害など、未だ解決の見通しがつかない継続事業が審議の中心になっていた。質問に答える美濃部知事は「一人でも反対があるうちは橋は造らない」と、都民参加の理念を「橋の哲学」理論で説明したのである。議場ではヤジが飛び交い、美濃部再選後の都政に暗雲が漂いはじめてきていた。だが、目玉の無い事業計画の中に、東京消防庁が粘り強く折衝を続けていた増員計画の「女性消防官の採用」（当時は婦人消防官と呼んだ）という、唯一明るいホットな審議案件があった。

「賛成多数」

女性消防官の採用が決定した。

江戸時代から続いた男社会の「火消し」に「女性の火消し」が誕生したのである。

「女性火消しが誕生」

美濃部都知事の満面の笑みと一緒に、新聞紙面を飾っていた。

職員の増員で喜ぶ筈の東京消防庁は渋い顔を見せた。男性消防官定数に女性消防官が含まれ、女性消防官の採用と言っても、女性の深夜勤務や消防活動などは労働省の「女子労働基準」に禁止されていて、「女性が増えれば男子の定数が減る」という、実質的には男性消防官の定数削減となるカラクリがあったのである。

大川総監の悲願である「現場指揮隊」構想は遠のいた観にみえた。だが、大川総監は平然として「男女平等の社会を築くには、女性消防官がパイオニアにならなくてならない。規則があれば変えればいいことだ」と言い切った。

大川総監の並々ならぬ決意を感じさせる発言に、消防職員はうなずき、早速に、女性消防官の職域拡大を図るための検討が開始され、平成六年に労働基準の改正にこぎつけた。その結果、女性救急隊員や、深夜の１１９番指令勤務、ポンプ車の機関員、現場指揮隊員など現場の最前線で目覚しい活躍をみせ、後に、全国初の女性消防署長の誕生をも見るに至るのである。

一方で女性消防官の誕生は、焼死者火災が激増する中で、災害弱者の一人暮らしの老人や子供を火災から守る防災指導をはじめ、家庭内で起こるガス事故や欠陥製品問題など、女性の視点から生活安全を図るソフト行政の強化につながっていったのである。

婦人（当時）消防官募集ポスター

女性消防官の誕生。それは大川総監の悲願の一つでもある「広報部」創設への試金石でもあったのである。

女性消防官ＰＲ作戦

総監室に、鎌田課長と企画課長の出入りが頻繁になっていた。

東京消防庁の広報部新設の構想案が本格的に論議されだしたのである。

職員の増員無しで広報部の新設を果たすには、消防庁の内部努力しか有効な方策がなかった。そこで、公害や都市災害、それに高齢者の安全対策など、美濃部都政の目玉である女性消防官を活用しての、ソフトな消防行政広報の展開が一つのカギを握っていると、総監室内の広報部論議がすすんでいたのである。

報道係の朝のミーティングで、女性消防官のＰＲ作戦が始まった。

当時のテレビ界は主婦向けの、朝昼の「ワイドショー番組」が花盛りで、各局が競い合って、視聴率アップを狙った番組つくりに努力をしていた。

「ワイドショーを使わない手はない」

総勢六二人の女性消防官全員が新聞・テレビ・ラジオなどの広報媒体に、必ず一回は掲載又は出演をさせることを、報道係員が自らのノルマと課し、口コミと女性消防官のＰＲ資料を持参しての、消防セールスマン役を担っての行動を開始したのである。

女性の社会進出への機運が高まってきていた時代、「火消し」と言う男社会への挑戦とも見えた女性消防官はマスコミの話題を呼び、特に「ワイドショー」番組には格好な話題となった。一〇倍以上の倍率をクリアーし、しかも中には、アナウンサーやマスコミ学を学んだ人もいる女性消防官のテレビでの受け答えの対応に、おなじみの名司会者は「さすが——。」と絶賛の言葉をおくった。

報道係長が特別に作った取材チェック表には、取材を終えた一人ひとりの名前に付けられた赤い印が満載になり、報道係員のノルマは果たされていた。そして、激動の昭和四七年の最後を飾るＮＨＫテレビの「紅白歌合戦」に、女性消防官が特別審査員としてゲスト出演して、女性消防官のＰＲ作戦を締めくくったのである。

「よくやった」

大川総監は広報課員へ声をかけ、労をねぎらった。

沖縄返還か署長会議か

昭和四七年九月二八日、全国消防の救助隊が一堂に会し、日頃の訓練を重ねてきた救助技術を披露し、その技を競いあう目的の、初の「全国消防救助技術大会」が東京で開催されることになった。全国初と言うことでマスコミも注目し、会場には記者席を設け東京消防庁広報課がマスコミ対応をすることになり、開会準備が急ピッチで進められていた。

全国の救助隊の精鋭が競う初の大会でもあり、主催都市の東京消防庁では、是が非でも成功させる責任を負わされていた。準備万端と思えた、明日が開会初日と言う時に思わぬ問題が生じた。

参加隊のプラカード行進に女性消防官を担当させると言うことが急遽決まり、すでにリハーサルが行われている情報が広報課に入った。大会担当者には、華やかな開会式にとの思いで、女性消防官にプラカードを持たせての行進を決めたのであろうが、今後の女性消防官がどんな行政任務を果たすのかと世間が注目している時でもあり、女性消防官のプラカード行進ということは安易な考えだとして、広報課は反対の態度をとった。

「やるべきだ」「やらせるべきでない」と、どちらも譲らぬプラカード問題に決着を付けたのは大川総監の「女性消防官には、他にやらなくてはならない業務が山積しているはずだ」の一喝であった。

全国消防救助技術大会の四か月前、大阪・ミナミの繁華街、千日デパートビル三階婦人服売り場付近から午後一〇時ごろ出火、二階から四階までが約九時間にわたって燃え続け、化学繊維から発生した大量な有毒ガスが階段などを伝わり、七階の深夜営業中のアルバイトサロンのホステスら一一八人が死亡、四八人が重症という、日本のビル火災史上最悪の惨事のビル火災があったばかりで、消防の救助活動への不信感が拭いきれずにあった事を大川総監が危惧していたのである。「華やかさより安全を」が総監の思いであった。

大阪で起きた史上最悪の惨事のビル火災発生は、東京でもその影響は大きく、「東京は大丈夫なのか……」とビル火災の危険性を問うマスコミ取材が東京消防庁へ殺到していた。

何らかの対応策を求めるマスコミと、ビル火災の対応を検討中とする消防との問答がくりかえされる攻防が続けられ、東京消防庁内では、ただちに抜き打ちの「緊急特別査察をすべき」の強行派の広報課と「延焼原因など解明すべき問題が判明してから対応したい」の慎重派の予防課で、東京消防庁の対応が分かれた。

千日デパートビル火災が起きたその日、沖縄開発庁が創立され、戦後二二年、悲願の沖縄返還が二日後に迫り、日本国への復帰を祝う記念式典が東京と沖縄で同時に行われようとしていた矢先の惨事であったのであった。

テレビは連日、復帰を祝う特集番組で埋まり、日本全国が祝福ムード一色に染まっていたが、千日前ビル火災が起きたために、祝賀一辺倒であったテレビ放送が、祝賀と惨事に二分された。明・暗に分かれたテレビ放送報道に国民は惑い、明・暗のニュースに、多くの国民の関心が高まっていったのである。

明日が祝賀の式典が行われる日曜日、意見が異なる広報と予防の両課員は、正午のテレビニュースで人々の関心度の目安となるトップニュースが、明の祝賀か、暗の惨事かを見定めたうえで結論をだそうと決めた。正午の時報を合図にテレビのスイッチを入れた。テレビに映しだされたトップニュースは千日前ビル火災の惨事であった。祝典という儀式よりも人命の問題を優先したマスコミ感覚を知った慎重派の予防課員は「特別査察」を決断したのである。

マスコミの関心が高い千日デパートビル火災。このチャンスを見逃す鎌田では無かった。もはや突っ走った広報の鬼を止めることはできない。

「特別査察の発表は署長会議の場でやろう」

鎌田は、報道発表のタイミングについて、ひと工夫する秘策を持っていたのである。

「沖縄復帰祝賀式典と真っ向勝負してみる」

鎌田の秘策とは、「緊急消防署長会議」をマスコミに公開して、その場で大川総監直々に消防対策を都内全消防署長へ指示命令し、都市災害に敢然と挑戦する東京消防庁の姿勢をアッピールする事であった。しかも署長会議のその日が、沖縄復帰祝賀式の前日に実施するというものであった。


鎌田広報課長が消防総監へ電話を入れた。

「分かった、やろう」

大川総監の一言で、東京消防庁初の公開「消防署長会議」が行われたのである。それも休日の日曜日に行われる異例の、しかもマスコミに公開しての署長会議に、マスコミは「何事か」と競って駆けつけ、マスコミのテレビライトが飛び交う会議室は緊張に包まれ「都民の安全を守るために、やるべきことは速やかに実施されたい……」と居並ぶ署長に檄を飛ばす大川総監にスポットライトが当たった。悲願の「現場指揮隊」の実現を踏まえての大川総監の力説であった。

「休日返上の抜き打ち査察実施」「救助体制の強化を図る」

日本武道館で行われた政府主催の沖縄復帰記念式典の記事と合わせて、新聞、テレビが東京消防庁の署長会議の模様を大きな見出しで報道した。

大事故は続けて起きると言うが、大惨事の千日前デパート火災があった翌年、又デパート火災の惨事が起きた。それも営業中の真昼間、死者一〇三人を出す熊本の「大洋デパート火災」である。

「うっかり、デパートには買い物にはいけない」

鉄筋のビルは燃えないと信じていた日本の安全神話がもろくも崩れた。

急遽、遅まきながら旅館・ホテルにはスプリンクラーの設置を義務付ける消防法等の法改正が行われた。

「鎌さん、東京は大丈夫だろうな……」

高層ビル化が進む日本の首都東京の安全を危ぶむ声が上がった。

「東京は大丈夫」

鎌田は自信をもってマスコミに答えた。だが、鎌田の自信を微塵に打ち壊す衝撃的な惨事が起きる事を、鎌田は知るよしもない。

消防が火をつけた地震対策

東京の地震対策は都政の重要課題の一つであった。

東京が地震に強い都市に再生できるチャンスは二度あった。「関東大地震」の震災と「東京大空襲」の戦災である。

地震国日本で初めて本格的に地震に強い街づくりに着手したのは、大正一二年九月一日の「関東大地震」が契機で、東京駅周辺を中心にレンガ造りの不燃化と道路拡張が行われたが、巨額な財政負担がネックとなって本格的な防災都市の実現には至らなかった。

戦災で焼け野原になった東京も、国民の欠乏生活の救済に重点がおかれ、防災都市計画は復興と言う名の陰に置き去りにされていったのである。

「もう戦後ではない」と言われた昭和三五年。「公害」と言う名も聞かれなかった東京は、オリンピック開催を目指し急ピッチで「より早く、より高く」を合言葉に都市改造がすすめられ、廃墟から不死鳥のごとく東京は変貌していった。だが、追いつかぬ行政をしり目に、地震国日本の安全を軽視した、無秩序な日本列島改造を危惧する動きも出てきていた。

昭和三〇年に東京消防庁は、建築や地震の学者グループらと「火災予防対策委員会」を設立させ、都市災害の調査研究を始めた。この委員会こそが、東京都や国の行政機関が手をこまねいていた地震対策の先鞭をつけた画期的なものであった。

設立して四年目、東大地震研究所長の河角廣（かわすみひろし）博士の「関東南部大地震・六九年周期説」を発表し、東京も大地震発生率が高まってきていると警告、即急に地震対策を進めるべきだと呼びかけた。さらに、周期説発表から二年後の昭和三六年七月、「東京の大震火災被害の結果」が消防総監へ答申された。答申内容が余りにもショッキングであるために、消防庁内で一般の公表を控えるべきとの意見が出た。しかし当時、消防部隊を指揮する立場にあった大川鶴二警防部長は「都合の悪い情報を隠蔽するのは最も悪い。直ちに公表すべき」と主張し、公表に踏み切ったのである。戦時中の情報隠蔽と「勝った、勝った」の宣伝文句で日本国民が踊らされた苦い経験を、大川部長は決して忘れてはいなかったのでる。

東京消防庁で、「東京の地震火災の被害」についての記者会見が行われた。

「東京二三区で七三二件の火災が発生し、二九九件が延焼火災となり、一四七件の火災が消火出来ずに延焼拡大、五時間後には品川区の面積に匹敵する1、600万㎡が消失する」と言うショッキングな答申内容であった。

「東京が火の海に」

新聞各社が一斉にショッキングな見出しで紙面を埋め、首都東京の地震対策の不備を書きたて、大反響を呼んだのである。

都民をはじめ全国から電話が殺到、お膝もとの東京都をはじめ国の行政機関も大慌てで対策会議を開催、都議・区議や国会議員らも「早速に対策を……」と慌ただしく動き出した。

緊急事態を認識した政府は緊急閣僚会議を開き「九月一日・防災の日」とする閣議決定をし、同年一一月には「災害対策基本法」を制定するなどしたが、泥縄式とマスコミが冷ややかな論評を加えた。

「防災都市の実現は一日でならず」であり、いま東京都が即急に出来る地震対策と言えば、都民の防災意識と防災行動力を高める、都民頼りのソフト行政を進めることであった。それは、東京消防庁が従来から進めてきた都民の安全行政に他ならなかった。

東京消防庁は早速「防災意識」を高める大イベントを計画した。

「防災の日」が制定されて初めての九月一日。

炎に包まれた街を守る「防災演習」が東京の中央区、築地で行われ、川と陸の両面から消防艇とポンプ車による一斉放水を行い、国民に九月一日は「防災の日」であること知らしめたのである。

一方、広報課編集の「あなたの地震対策」冊子を作成し「地震、火の始末」の防災行動のキャンペーンを開始したのである。だが「あなたの地震対策」は一般の人を対象としたもので、学校での防災教育向けの教材の必要性が迫られていた。

全国初の防災教育読本

「防災教育は子供の頃から」

一貫して鎌田が主張していたことである。

昭和二七年の十勝沖地震、三九年の新潟地震、四〇年の長野県松代群発地震など日本列島を揺るがす地震が頻発し、「東京に、大地震がいつ起きてもおかしくない」と地震学者らが警告を発し、進まぬ防災都市づくり計画の遅れから、地震災害は防げないが被害は減らすことはできると言う「防災から減災」へと地震対策の見直しがされてきていたのである。

「減災には防災教育が必要」

鎌田が広報課長に赴任して以来、足繁く東京都教育庁へ通い、学校教育に防災を取り入れるよう折衝を試みていたが、教育内容に国や都の権力機関が、くちばしを挟み、介入するのは、戦前の軍国教育に逆戻りする事になりかねないという、軍国主義思想の呪縛が解かれてはいなかったのである。

教育庁や教育関係者らの頑なまでの主張に屈することなく、鎌田は真っ向から正論を説き続けた。

いつも笑顔で接する、仏の鎌田の本領発揮の防災論法に根負けした教育庁は、「執筆者は公務員でなく作家に限定、見本を作製した時点で審査会に提出してみる」と防災教育への理解を示したのである。

教科書の執筆経験者の紹介で、消防にはズブの素人と言う一人の作家が執筆することが決まり、日夜、執筆者への勉強会が行われ、消防の歴史から始まる火事と地震の話に明け暮れた。

昭和四七年五月、鎌田が悲願としていた防災読本「火災と地震の話―災害から身を守るために―」が審査会で教材として認可されたのである。

「やった――。」

鎌田は満面の笑みで吉報を聞いた。

好事魔多しで、嬉しさを隠し切れずに親交のある記者に「初の防災教材」が近く完成することを、つい口を滑らせてしまったのである。

「しまった——。」と気づいたが、記者はスクープ記事とすべく独自取材を開始し、出版担当の責任者である広報課長の鎌田にダメ押しのコメントを求めてきたのである。広報の責任者である広報課長が、自ら各社一斉発表という広報のイロハを破って、一社のみに便宜を図ったことは許されざることであった。まして広報のベテラン課長の鎌田ではなおさらのことであり、鎌田の大失態であった。サービス精神旺盛で隠し事が出来ないお人よしの人が陥りやすい「つい、口を滑らす」失態を鎌田は犯したのである。

「記者会見まで、記事にするのを待って欲しい」

鎌田は記者に懇願して謝罪を繰り返した。

「書くなと、記事を差し止めるなら絶対に許さない。発表まで待てと言うなら今回に限り許す」

記者の善意に鎌田は助かったのである。

「責任ある人の一言は重い。その一言で、人を喜ばせもしたり、悲しませてもしてしまう。我々、記者も自戒しなくてはいけない」

胸をグサッと刺す記者の言葉に、鎌田は返す言葉はなかった。

鎌田はこの一言を座右の銘にした。

「全国初の防災教育読本の完成」

鎌田広報課長が自ら記者会見を行った。

新聞テレビの各社は、学校教育に防災を取り入れた東京都の初の試みに、こぞって絶賛の声をあげ、その偉業を称えた。

東京消防庁広報課に、全国からの問い合わせや、有料送付の注文などが殺到し、予算ぎりぎりで作成した在庫部数はすぐに底をつき、課員の嬉しい悲鳴が続いた。

「都知事が喜んでいましたよ……」

知事秘書室からの電話も入ってきた。


一向に進まぬ防災都市計画とは逆に、激しさを増す交通渋滞や悪質な建売住宅の乱立など、地震被害を増大させる様々な悪要因が噴出し、解決の道とおい防災都市づくり問題の中で、唯一の光明が、女性消防官の活躍や防災教育などのソフトな消防行政であり、美濃部都知事は東京消防庁の行政手腕を高く評価していたのである。

学校における防災教育

大川総監も、自ら課した悲願達成に確かな手ごたえを感じ取っていた。

全国消防の広報レベルアップ

「全国の消防職員の広報レベルも上げましょう」

鎌田は大川総監へ広報の想いを語った。

鎌田は「防災読本」の成功を機に、全国消防の消防広報教育にも目を向けたのである。当時の全国の消防機関は、財政も人員も装備も何もかもが、国で定める消防力基準にはおよそ縁遠い状態におかれ、どこも四苦八苦の行政を強いられ、消防広報どころではなかった。

「良い発想だが、むずかしいかな――。」

大川総監は初めは渋ったが、鎌田節に根負けして「君なら、やれるかな……」と、鎌田の背中を押した。

昭和二三年に自治体消防となって独立したとは言え、財政厳しい市町村では、法制度は出来たが、実際の消防の行政運営は旧態依然の状態が続けられ、広報を専門とする担当係が無い消防本部が大多数を占めていた。

全国消防長会に「広報委員会」設置を依頼した鎌田に待っていたその回答は素っ気無かっ

た。

「わが街の消防を、東京と同じレベルで見ないで――。」

消防長の広報への想いが、鎌田にはよく理解できた。

「消防広報は、どうあるべきかを、皆で協議をしたいのです」

鎌田は全国消防長へ熱っぽく訴え、ついに鎌田節が功を制し、昭和四七年、全国消防長会に「広報特別委員会」ができた。そして全国消防職員用の広報教材「消防の広報」が完成したのである。


「まだ、こんな差別があるのか……」

「消防夫」と記述された一冊の雑誌を手にして鎌田は怒った。

終戦時の行政改革で、警察部門から独立して自治体消防へとなる混乱期に「消防手と言って、消防には手さえあれば、頭はいらぬ」と、高級官僚の吐いた屈辱的なこの言葉を、鎌田は決して忘れてはいなかった。

鎌田は国語辞典にも「消防夫」とあるのを見て、これを見過ごしてはならぬと大手出版各社へ直談判に出向いた。

「次回からは必ず直します」と出版社は平謝りをし、以後、書物から「消防夫」の文字は消えた。

昭和四七年は鎌田広報課長にとって一番多忙な年であった。

昭和四七年一二月三一日、大晦日の夜、子供たちが寝静まった鎌田家では、鎌田伖喜は妻保子のお酌で多忙な一年を顧みていた。

ＮＨＫテレビでは、東京消防庁を一人代表するかのように、女性消防官がゲスト出演していた「紅白歌合戦」がフィナーレを迎えようとしていた。

「ごくろうさんでした」

妻保子がテレビに向かってつぶやいた。

テレビから除夜の鐘の音がながれた。

二人は杯をあわせ、互いを労わりあう、二人だけの静か時を味わっていた。

やっと、鎌田広報の昭和四七年の仕事納めができたのである。

この時、鎌田伖喜は、初代「広報室長」の椅子が待っていることを、知る由もなかった。

第九章　二人の悲願

火事は口でも消せる

昭和四八年一月七日、新春を飾る東京消防出初式が行われた。

大川消防総監と並んで美濃部都知事が、今か今かと固唾をのんで開式を待っていた。

大観衆で埋め尽くされた東京晴海の会場の中央には、鎌田広報課長が提案した「都市災害への挑戦」と書かれた横断幕が掲げられ、今年一年の東京消防庁が進める行政テーマを都民の前で誓ったのである。

東京消防庁音楽隊のファンファーレを合図に分列行進が始まった。

紺碧の空に冴えわたる、赤いワインレッドの制服に身を包んだ六二名の女性消防官の行進には一段と

大川消防総監と談笑する女性消防官たち（右端は鎌田伖喜）

拍手が沸きあがり、美濃部知事は壇上から身を乗り出し、満面のスマイルで彼女たちを迎えた。

雲一つなく晴れ渡った昭和四八年の幕開けは、あたかも、大川総監と鎌田広報課長の二人の悲願達成を祝福するかのように澄み切っていた。

前年の暮れから、雨なしのカラカラ天気が続いた東京は火災が急増、痛ましい一人暮らしのお年寄りの焼死火災が連日新聞紙上を賑わせていた。

痛ましい焼死火災を苦々しく思っている一人が美濃部都知事であった。

美濃部都知事が選挙公約で掲げた「都民の生命と健康を守る」の施策が、思うような成果を挙げられず、特に知事が推し進めようとした、一人暮らしの老人や心身障害者、母子世帯など、社会的弱者に対する対策が、都のタテ割組織の弊害などで停滞しているうえ、さらに老人の焼死火災の増加が知事を悩まし、知事の顔から美濃部スマイルが途絶えていた。

前年の一一月二〇日、学識経験者らによる火災予防審議会が「高齢者など災害弱者の安全対策」について、会議に出席した美濃部都知事に諮問し、東京都に速やかな対応を求める異例な要望をしていたのである。

昭和四七年の焼死者は、ついに一四三人という最悪の記録となり、三人に一人が高齢者が犠牲となっている異常事態な状況からして、東京消防庁は、もはや安全対策を検討しているような時間は許されなかった。

「一人暮らし高齢者の焼死防止」を最優先とする。

東京消防庁の基本方針が決まった。

火災現場の消防戦術は、先着のポンプ隊は人命救助最優先の行動とし、最初の放水は火元ではなく、救助に突入する救助隊員の援護注水に向けられ、消火は後という、何が何でも人命救助優先の消防活動を敢行することとした。

一方の焼死者の予防対策では、人命危険建物への緊急査察などは予防部が担当し、行政の網の目から漏れていた個人住宅への防火診断などは広報課が担当と、全庁あげての焼死者防止活動を展開することとしたのである。


「女性消防官による、『かまど検査』をします」

鎌田は一つのアイデアを提案したのである。

「何よ、今さら」

列席者から嘲笑が上がった。

鎌田が消防手の頃の昭和二〇年代では、一般庶民の家庭で使う火気の元と言えば、薪・炭を燃料とする「かまど」が主役であった。防火週間のときに消防が「かまど検査」と称して、一軒一軒の家庭を巡回しては「火の用心」を呼びかけるなど、消防と都民のコミュニケーションの場がつくられ、防火という共通の話題を中心に、相互の理解と協力を深めあっていたのである。だが、昭和三〇年代に入ると、薪・炭からガス・電気への時代と進み、生活様式や環境が一変、同時に、核家族化と個人主義へと時代が進み、プライバシーという問題が生まれた。結果は、たとえ消防であろうが、個人住宅への立ち入りを敬遠する風潮が高まり、都民との対話というソフト行政の主役であった「かまど検査」は、東京都火災予防条例の条文から削除され、消防職員と都民との対話の機会が遠のいて行ったのである。

「かまど検査」と入れ替わったのが、消防法による「査察」という立入検査である。

法による立入検査権の行使の対象から個人住宅は除かれ、法で指定された工場や共同住宅などの消火設備や避難器具設備等を立入検査して、法違反を是正させる「物」を対象としたハード行政へと変わったのである。

「火を消すだけの消防から火災を予防する消防へ」と、警察組織の一部であった消防が、戦後のＧＨＱによる消防改革で消防組織法が施行され、警察部門から自治体消防として独立を遂げ、消防法の基に、悲願の予防行政が行われようになった。だが、新しく誕生した法律や制度には思わぬ弊害がうまれる。

民主主義国家への改革という情勢の変化とはいえ、一人暮らしの高齢宅への防火対策は法の網から漏れ、消防行政から見捨てられた存在と言わざるを得ない情勢になってしまっていたのである。

「弱者、切捨て」

鎌田が最も嫌う言葉で、鎌田は常日頃から、法の盲点である災害弱者対策に強い関心を抱いていた一人であった。

ふるさと相馬に残した、老いて行く母タカの姿を想像しては、その想いを深め、街なかで出会う、淋しそうな一人ぼっちの高齢者をみては、その行く末を案じ、安全対策の不備に心を痛めていた。

高齢化と核家族化が進み、社会から取り残されていく一人暮らし老人たちが、孤老の寂しさに一人で耐えている現実が、高齢者の焼死火災の増加にみられた。

「会って、雑談をしただけでも、防災に役立つ」

鎌田は切々と、老人との対話の重要性を、鎌田節で説きまくった。

「鎌田の言うほど、高齢者問題は生易しくは無い」

鎌田への異論があがっていた。

「火事は、口でも消せる」

鎌田が粉骨砕身、時には鬼となって消防広報を実践して辿り着いた、鎌田広報の哲学とも言うべき言葉を披露して、ゆるぎない自説を訴えた。

「君の思い通りに、今すぐにでも、やれ」

大川総監は鎌田に檄を飛ばした。


「消防には、盆も正月もない」


大川総監は新年早々にも拘わらず、鎌田が提案した、一人暮らし老人宅への巡回防火診断の実施を指示したのである。

鎌田は女性消防官を「ファイヤーヘルパー」と名づけ、特に人命危険の高い、寝たきり一人暮らし老人宅を最優先に、女性消防官が訪問しての防火診断と、老人と膝を突き合わせての、悩みや困り事などの相談相手をする防災福祉活動を試みたのである。

「消防の枠だけにこだわるな。悩みごとなどの人生相談を聞いて来い。君たちの人生にもきっと役立つはずだ……」

鎌田は女性消防官を前に、鎌田広報の哲学を説いた。


マスコミが動いた。

新年早々から焼死火災など暗いニュースが続き、正月の明るい話題を欲していた矢先、長寿を祝うかのような消防官と老人が、防災福祉をメーンテーマにしながら人生を語り合うと言うユニークな企画に、新聞、テレビが競って取材をはじめた。

テレビのワイドショーでは各社が趣向を凝らし、実の祖父母のように接し、労わる、笑顔の女性消防官と、実の孫娘と再会したかのように涙を流して喜ぶ老人との、漫才コンビ顔負けのユーモアも飛び出す、笑いと涙を誘う感動シーンを、正月を祝う茶の間に届けた。

「消防が福祉に」「女性消防官が防災のお年玉」「女性消防官が愛の手を」

新聞各社が、大々的にファイヤーヘルパーの活躍を報じたのである。

「孫の嫁にしたい」「わが家には、いつ来るのか」といった電話や投書が届き、中には「早速、おばあちゃんに会いに行きます」や「行けなかったお詫びに、手紙を書きます」と言った若者からのメッセージもあり、町会や自治会でも巡回を始めるなど、地域ぐるみの高齢者助け合い活動が活発化し、「かまど検査」発言から生まれたファイヤーヘルパーの活動は、様々なところで反響を呼び、老人福祉行政に一石を投じたのである。

「鎌田君、よかった。知事からも電話が入った」

大川総監からの電話であった。

高齢化と核家族化の進展は、今や避けられぬ社会問題となり、国家的課題となっていくのである。

「煙は、あなたより速い」

「そんなにコマーシャルって、おもしろいの？」

帰宅すると直ぐにテレビのスイッチを入れ、食事中でもテレビでコマーシャルが始まると、箸をとめ、食い入るように画面を凝視する、いつもと様子の違う鎌田に、妻保子は不満げに問うた。

「うーん、防火標語になるコマーシャルを探しているんだが、なかなか無いないもんだ――な」

鎌田は、火災予防運動のテーマとなる「防火標語」を決めあぐんでいたのである。

テレビブームに乗って大量生産、大量消費の時代に突入。各企業が競い合うように、社運を賭けてヒット商品に仕立てるために、多大な宣伝費をつぎ込んでのテレビコマーシャル競争が激化していた。鎌田は、プロが知恵を絞って作られた、その商業コマーシャルに目をつけたのである。

「コマーシャルの中に、ヒントがある」

鎌田はテレビに目を凝らした。

ファイヤーヘルパーの活躍の次に、鎌田がやらなければならない事。それは「防火標語」による焼死者防止の呼びかけである。

東京消防庁では「防火標語」は広報課長の重要な専決事案の一つであった。だが、斬新なアイデアに富んだ親しみやすく覚えやすい「防火標語」を毎回選ぶという難作業は、歴代広報課長の広報センスを問われる、いわば広報課長の勤務評定とも言われ、選定作業は苦痛そのものであったのである。「広報の鎌田」と自他ともに認めている鎌田課長にとっても「防火標語」の選定は、嫌がうえにも鎌田自身の広報センスを問われかねない、頭痛の種の一つでもあった。

鎌田は「防火標語」を決めあぐんでいた。

課員から幾つかの標語の案が挙がってはきていたが、鎌田には、いずれも意に添えない月並みの標語にしか見えず、選定を決めかねていた。火災予防運動の日程が近づいてきていたが、運動の骨格とも言える防火標語が決まらないと何もかも進まず、ポスターやチラシなどの作成期限もギリギリまでに迫っていた。

「早く、決めて」と悲鳴にも似た声が課員から上がり、鎌田はのんびりと構えているだけの時間はもはや無かった。

鎌田が決めかねていた一番の理由は、火災による死因は「焼死」より「煙死」であり、煙の怖さを強く訴える標語がほしかったのである。

テレビ画像で煙の恐さを知らしめた大阪千日デパートビル火災。一一八人の犠牲者のそのほとんどが、有毒ガスによる「煙死」であった。多くの国民はテレビを通して、火災で怖いのは「煙」ということを強く記憶にとどめたと、鎌田は認識した。「鉄は熱い時に打て」の通りに、今までの「防火標語」よりも、記憶に新しい「煙」をテーマにした、斬新な「防煙標語」を鎌田は思案していたのである。だが、いずれも、これだといった決定的なものが見当たらず、課員から手渡された標語案が列挙された一枚のメモを片手に、鎌田はイライラと気忙しくテレビの前を行き来していた。

「せまい日本、そんなに急いで、どこへ行く」

「早く早く」と急かされている鎌田広報課長への、当てつけにも似たテレビコマーシャルが流れていた。

「今の、お父さんみたい……」

妻保子が、耳にタコが出来るほど繰り返し流される馴染みのコマーシャルを、皮肉って言った。

「これだ――。」

妻保子の一言で鎌田はひらめいた。

火事の煙は追いかけてくる、しかも煙はあなたより速い。「急いで、どこへ行く」ではなく「火事で煙に気づいたら、急いで避難」。そんなイメージが鎌田の頭の中を駆けめぐり、

「煙は、あなたより、速い」と。

「防火標語」を決定づけたのである。


炭・薪からガス・電気の時代に変わり、かまどや焚き火も煙突も消え、煙が見られなくなった。もうもうと煙を吐く勇壮なＳＬの姿も消えて久しい。

畑で落ち葉を焚き、うっすらと山間に煙が昇っていく懐かしき里の風景も、今や昔話の中

に登場する遠いものになりつつあった。蚊取り線香の煙さえ、けむい、ダサイ、危険などと敬遠され、今は渦巻きの蚊取り線香を知っている人も少なくなり、蚊の逆襲を受けてデング熱騒動がおきた。

「煙」は悪者として人間社会から消され、子供たちは今、マッチで火をおこすことも、焚き木で火を燃やすことも、「煙」そのものも知らない日常生活をおくっていた。

東京消防庁が決めた「煙は、あなたより速い」の標語を、地方の消防が聞きつけ、「ぜひ、使わせて欲しい」という申し込みが舞い込んできていた。

英知を絞った防火ポスター

「煙は、あなたより速い」のポスターを見た学校の先生や生徒の親から「勉強になる」と好評を得て、生徒の防災教育につけ加えたいとの希望や問い合わせがあり、デパートや旅館・ホテルなどからは社員教育にと防災講演の依頼も殺到したのである。

より速く、より便利を追い求めた科学技術の進歩は、たしかに快適な生活と豊かさを感じさせた。だが反面、人間社会から何か大切なものを置き去りにしてしまった侘しさも感じさせられる。「そんなに急いで、どこへ行く」のコマーシャルから教えられることは多いと、鎌田は言い切った。

テレビコマーシャルをヒントにした「煙は、あなたより速い」は、「防火標語の中でもベスト」だと、今でも言われている。しかし、東京消防庁が長年にわたり、東京都の特性に合う防災のテーマを模索し、英知を絞って、独自の標語作りをしていたが、これを取り止め、自治省消防庁の全国統一の標語を使用することに切り替えた。鎌田が広報部門から離れる前年の、昭和四九年の秋からである。

鎌田は、「午後一〇時は消防の時間」に次ぐ名文句を一つ残したのである。

鬼の目に涙

ファイヤーヘルパーの活躍に次いで、防火標語が好評を博したことで、鎌田は、肩の力を抜き、ほっと一息ついていた。

「今晩、出先の電話番号を教えておいてください」

電話を受けた鎌田は、直ぐにその意味が分かった。

悲願であった広報部が、誕生するか否かが決まる、都知事への事務説明の最終日であることを知らす電話であった。

東京都と極秘で折衝していた東京消防庁の組織機構の改革案が、最終段階に入っていたことは知っていたが、その決定日までは鎌田は知らされてはいなかったのである。

吉と出るか、凶と出るか、ついにその時がきたのである。

鎌田にとっては待ちに待った、正に運命の時を迎える心境であった。


その夜、鎌田は、腹心の部下と二人で、なじみの寿司屋にいた。

一〇人も入れば満席となる、老夫婦が細々とやっている狭い店内には「煙は、あなたより速い」のポスターが貼られていた。

いつもの饒舌な鎌田が、カウンターの隅で静かに杯を傾けるのを見て、店主は「今日は、何か変だ」と訝った。

店の奥の電話が鳴った。

「はい、鎌田さんに、だよ」

店主から受話器を受け取り、鎌田は叫んだ。

「決まった?――。広報室に間違いないな。」

他の客がいない店内に、鎌田の甲高い声が響いた。

名称が広報部でなく広報室であるが、組織上は部と同格であることは間違いないものである。

「よかった。おやじさん、もう一本」

鎌田は、いつもの饒舌にもどり、立て続けに杯を口にした。

突然、鎌田節が途絶えた。

右手で顔を覆い、肩を小刻みに震えさせ、こぼれる涙を必死にこらえる鎌田。そして突如、カウンターに顔を伏せ、嗚咽から肩を震わせ号泣に変わった。

鎌田が他人の目をはばからず、涙する姿を初めて人前で見せたのであった。


「男って、こんな時もあるんだよ」

店主は連れの部下に言い残し、のれんを店内にしまい込み、格子戸に鍵をかけた。鎌田のために貸切にした店主は、静かに店の奥へと姿を消した。

広報室決定の報を聞いた瞬間、ここに至るまでの、他人に言えない想いや葛藤が、鎌田の胸の奥から込み上げてきて、押さえきれずに爆発したのである。それは消防広報の鬼の涙でもあった。

いっときが過ぎ、店内が急に静かになった。

「ごめん、悪かった」

きまりが悪そうに、湯気が上がるお絞りで顔を拭った鎌田の顔は、火照ったえびす顔になっていた。

「おめでとう、お祝いのサービスだ」

お祝い酒のお銚子がカウンターに並んだ。

「奥さんが待ってるはずだ。はやく帰ってやりなよ……」

店主の思いやりの一言で鎌田は店の外へ出た。満天の星が鎌田を自宅まで送り届けた。


家では妻保子が、相馬の郷土料理を作って待っていた。

「体の具合はどうだ？」

帰宅した時の、夫鎌田の決まり文句である。

スモン病という難病に蝕まれ、未だ後遺症に苦しむ身体を奮い起こし、夫や家庭を守るための痛々しい妻保子の立ち居振る舞いは、夫鎌田に、人に対する労わりや優しさを知らず知らずに教えていた。仏の鎌田を育むのは今や、母タカから妻保子にかわっていたのである。

一方で、薬害の怖さを身近で実感している鎌田は、何の罪も無い人々を苦しめ死にも至らしめる薬害や公害には人一倍の憤りをもっていた。それは、明日と言う希望を胸に秘め、難病に立ち向かう妻保子の後姿から、鎌田は都市災害への挑戦という、未知へ立ち向かう勇気を得ていたのである。

「広報室だってね、よかったね!」

広報部誕生のために、寝食を忘れ、広報の鬼となって奮闘していた、夫の一途な思いが実を結んだ事に、保子は、ほっとする反面、男たちの厳しい競争社会の現実を聞くにつけ、一抹の不安を隠せなかった。だが、一度思い込んだら後へは引かない夫の気性を知っている保子は、消防広報の鬼の背中を強く押した。

ちゃぶ台の上の鍋からは、グズグズと音をたて、懐かしい故郷の味が鎌田の箸を誘っていた。

暖かなぬくもりの中で、ツノを抜かれた広報の鬼は、保子の懐に抱かれながら、心地よい寝息をあげ、夢の中にいた。

夢かなった、広報室の誕生

翌朝、総監室で組織改革案の説明が行われるなど、庁内はせわしい雰囲気に包まれ、一方では広報室の新設が決まったとたん、早速、初代室長の人事のうわさ話が咲いていた。「鎌田が本命だよ」「いや、まだ早いよ」「では、誰だ」そんな下馬評が鎌田の耳にも聞こえてきていた。

組織が大きくなればなるほど、複雑な人間関係が絡み合い、人事が織りなす悲喜交々の人間模様を見せ付けられるのである。それは、組織の一員である限り逃れられない宿命でもあった。鎌田は正にその渦中にまき込まれていた。

その日から、鎌田は課長席に座っている時間が多くなった。

「人事にうつつを抜かしている」等、いらぬ中傷や陰口からのがれるには、ただ、静かに自席で自重するしか身の置き場が無く、憂うつな時間を無為に過ごしていた。

「課長も大変だな……」

動くにも動けない呪縛に獲りつかれた様な、笑みも消えた鎌田課長の様子に、課員たちは同情の眼を向けていた。

広報課長のデスクの電話がなった。

「消防総監がお呼びです」

鎌田は手鏡を見ながら、乱れた頭髪を直し部屋を出た。課員たちは鎌田の後姿を目で追った。

「鎌田君、広報室長を頼む。大変だけど頑張って欲しい」

いつもの柔和な大川総監が厳しい顔になっていた。

「いろんな事を言う人もいるだろうが、君ならできる。君は君らしい仕事をすればいいのだ」

鎌田は一言も発することが出来ず、立ちすくんだ。

心中を見透かされた叱咤激励の言葉に、鎌田は無類の力を得た万感の思いで一杯であった。

「前例がない、だからやるのだ」

昭和四八年四月一日、東京消防庁の広報室が誕生した。初代室長は広報の鬼と言われる鎌田攸喜その人である。

一九年前、鎌田主任以下、三人でスタートした消防の広報部門が、いまや音楽隊を含めて三六〇人の大世帯にまで成長した広報室のトップに躍り出た鎌田に「異例のスピード出世」と、マスコミはその偉業を称えた。

広報室は、広報課、生活安全課、指導課の三課の組織で、特に生活安全課は、高齢者の防災福祉をはじめ、公害や欠陥製品の対策など、行政の谷間で見過ごされていた問題に取り組む、時代を先取りした全国で初の課だとマスコミが注目していた。

早速、鎌田新広報室長へインタビューの申し込みがきた。

取材を受けるのは得意中の得意。鎌田節が弾け、とどまることを知らず、「こんな楽なインタビュー取材は初めて、速記だけで記事になる」と、記者が異口同音に応える。エビス顔で笑顔を絶やさず話す、これこそが鎌田広報の「極意」と記事がまとめられていた。

「生活安全課の仕事に、前例は無い。だから君たちがやるのだ。新たな道を創って行くのだ」

鎌田は、課員に向かって、安全への挑戦を熱っぽく説いた。

鎌田には、もはや迷いは無かった。一切の邪念を吹き払った鎌田広報が、新たなスタートを切ったのである。

鎌田広報室長の最初の記者会見が行われた。

広報課長の時に遣り残した、ファイヤーヘルパーによる「かまど検査」の結果発表である。

「鎌さん、おめでとう」

顔なじみの記者からの一声で、緊張気味な鎌田がエビス顔になり、会見場の記者クラブ室が笑いにつつまれた。だが、笑い声はすぐに消し飛んだ。

「かまど検査」と称して実施した焼死者防止対策の一つ、「寝たきり老人の実態調査」で、高齢者の深刻な生活環境が明らかになったからである。

高齢者の実態については、都や区の各部署ではそれぞれ個別には掌握はされてはいたが、プライバシー問題や公務員の守密義務、タテ割り行政の弊害等から、積極的な公表は見送られる傾向にあった。

女性消防官らが、一件一件くまなく巡回して実態を調査したものを公表されるのは異例なことであったのである。

一人暮らし老人は一二、三七九人。病弱で寝たきり老人が八、六九九人。そのうち、すぐにでも救済が必要な、寝たきりで一人くらし老人の一、六〇〇人が「寝床から声無きSOSを発信している」と、鎌田は口調を荒げた。

翌日の新聞各社は、怒った消防広報の鬼、鎌田室長を代弁するが如く、立ち遅れた高齢者対策を「これで、いいのか防災福祉」と厳しい論調で綴った。

一方、テレビでは、ファイヤーヘルパーと老人との泣き笑いを茶の間へ届けたワイドショーから笑い声は消え、今度は「お寒い老人福祉対策」と、コメンテーターの怒りの声が響いた。

動き出した防災福祉

東京消防庁は「災害弱者を守れ」と、女性消防官の毎月一回の防火訪問の実施や、消防ポンプ車に一、六〇〇人の名簿を積載し、出火出動したら必ず一人の隊員が安否確認に駆けつける「消防スーパーマン」役を作るなど、焼死者防止作戦を展開した。だが、老人の生活安全は、ひとり消防のみで解決できるほど生易しいような問題ではなく、行政や企業、地域住民等、幅広い協力体制を必要とした。

「かまど検査」が閉塞した防災福祉行政に風穴をあけた。

鎌田室長は早速に、行政機関や関係団体等で構成する「都民生活安全対策会議」を発足させた。会議は、「欠陥製品対策」、「老人対策」「ガス事故防止対策」「生活福祉対策」と、正に、東京消防庁が新しい行政を先取りしてのリーダー役になっていた。火事を消すだけの消防から火災予防へ、そして今、火事以外の住民生活を脅かす新たな災害事故を撲滅する「都市災害への挑戦」を旗じるしに、鎌田広報が又一歩を踏み出したのである。

「君らしい事をやれば、いいのだ」

大川消防総監の言葉が、鎌田広報を奮い立たせていた。

鎌田は手始めに、「口で言うほど、生易しいものでは無い」と言われた防災福祉に着手した。

老人対策では身体障害者をふくめた「災害弱者」対策に切り替え、福祉団体や町会・自治会の協力を得ての地域ぐるみの一声運動等、ソフト面でのコミュニティ活動。東京都や各区、防災企業等の支援協力を求めて、防災弱者への住宅用火災警報器や自動消火器具、消防へ直接つながる携帯緊急通報器の配置等のハード面の安全対策が、一歩一歩着実に歩みだした。

「あなたの愛の手を」そんなポスターが、目につくようになった。

消防が「かまど検査」で実施した一人暮らし老人宅の防災対策をかわきりに、いつしか、駅や乗り物、町中など随所に、弱者を思いやる環境整備が進め始められてきていた。

大人たちが「身勝手だ」と決め付けていた若者たちが、照れながらも年老いた人を労わるしぐさを見せていた。鎌田は電車で「どうぞ」と「優先席」を勧められる時、敗戦で自暴自棄のどん底にまで落込んでいた日本人の心が甦り、古き昔の良きならわしを取り戻した事への嬉しさを一番感じると語った。

「おはよう」「ありがとう」そんな一言を人は待っていた。

「雑談でも防災に役立つ」と言い切った、鎌田広報の哲学がここにも生きていた。

遅れていた風害対策

木造住宅からコンクリート住宅へ、戸建て住宅から団地・マンションなどの集合住宅へと、住宅事情が急変した。しかし、快適さと安全を求めたはずの住宅環境は、気密化によるガス中毒や酸欠事故等が相次ぎ、住民たちに不安が広がり、「臭気がする……」「息苦しい……」といった、臭い等にも過敏になっていた。

「同じ団地で、階が異なる別々の住居でガス騒動、それも二回も」

広報課報道係の朝のミーティングで問題提起された。

「また、ガスか。換気扇を切っていたんだろ……」

「でも、二回とも同じ換気不良と言うのが解せない」

「二度あることは三度あると言うじゃないか。再調査をしてみよう」

街ネタ担当係員は、「二回目」にこだわった。人為的なミスだけで無い、何か別の問題がひそんでいると睨んでいたのである

消防、ガス、施行業者らによる合同調査が行われたが「異状なし」の結果であった。だが、不満気な一人の住民の「その日、風が強かった」の一言が解決の糸口となった。強いビル風が屋上の換気塔から入り込み、逆流したその風圧で換気が阻害された結果であることが判明したのである。「ビル風とは気づかなかった」と施行業者は改修に当たり一件落着となった。

水害国日本と言われるほど、日本は古くから河川の氾濫被害で苦しめられてきた。明治に入って、やっと河川法が制定され本格的な水害対策が進められようになった。だが一方で、風害は「風には逆らえない」と言った考えが根強く残り、風害対策は遅れ、構造物の高層化が進むにつれて風害が注目されだしたのである。

ビル風によるガス騒動は、思わぬ風害事故への展開を見せた。

昭和五三年二月二八日、東京の江戸川橋梁上で、運転中の地下鉄東西線列車が突風を受け脱線事故が起き、あわや大惨事になる寸前になった。昭和六一年一二月二八日、兵庫県香住

町の国鉄（当時）余部鉄橋で、回送中の客車七両が突風にあおられ、高さ四一メートルから地上に落下、真下の工場を直撃、六人の死者をだした。平成一七年一二月二五日、山形県庄内町のＪＲ羽越線で新潟行き特急「いなほ」が最上川の鉄橋を渡った直後に突風で車体が浮き上がり脱線転覆、五人の死者をだした。

　トンネル内で列車の自動ドアが開かないと言った珍事もあった。

　総延長の七割がトンネルの新潟県の北越急行ほくほく線。自慢の新型特急電車が単線のトンネルに入ると通路の自動ドアーが開かなくなると言う苦情が上がった。ＪＲ西日本では「複線のトンネルではトラブルはないのだが？」と困惑顔。原因はどうやらトンネル通過時の風圧の影響らしく、風害対策に乗り出した。

　風の通り道を横切る鉄道路線や高速道路に、突風が交通機関に思いもよらぬ風害事故を誘発。また、日本一高いと称され、安全最優先で設計施工された東京スカイツリーも、凍った雪玉が風で飛散落下する危険が完成後に判明。地球温暖化の影響といわれ、日本各地で続発している竜巻被害等、今や、風害問題は新たな災害として牙をむき出していた。

　事故や災害とは、いつもスキあらばと、落とし穴を狙っている。事故となる要因は、その被害の軽重を問わず身近なところに潜んでいるものである。たいしたことがなさそうに見える要因が絡み合って重大事故になり、たいしたことがなさそうに見えるために対策の見落としが起きる。ガス漏れ騒動はそんな盲点を暴いたと言える。

ガス事故を無くせ

「気持ちが悪い、フラフラする」

119番通報が入った。

ガス中毒と直感した係員は「すぐに窓を開けて……」と指示をして救急車を出動させた。現場は新築の都営住宅。軽い一酸化中毒で、負傷者は軽症ですんだ。

「換気扇を使っていたのに、なぜ?」

消防隊が調べて驚いた。排気筒を設置するための開口部が無いことを発見したのである。直ちにガス使用を禁止させ、施行業者に改修をさせた。

「何て、ことだ」

生活安全課は工事ミスと判断し、東京都住宅局に対し緊急総点検と改修工事の進ちょく状況の報告を求めた。

相次ぐガス事故に、生活安全課は緊急の「生活安全会議」を開催。ガス事業者やガス機器メーカー、設置業者、販売店、建築設計・施工業者等を招集して、ガス事故防止の対策を強く要望した。

団地のガス騒動の最中、昭和四八年一〇月二六日、東京の下町浅草の歓楽街でメタンガスが噴出し、爆発事故が起きた。

昔から東京湾近辺には、天然ガス田のあることは知られていた。かっては、沼や田んぼにはブクブクとガスが噴出しているのが見かけられ、そのガスを採取して一般家庭に販売するガス会社もあった。しかし都市化が進み、天然ガスから都市ガスへの使用に変わり、すっかり様変わりした生活環境で、住民も建築業者も行政機関も、天然ガスの存在すら忘れられていた。

事故はその隙間をついて発生した。

生活安全課は、忘れられた天然ガスの噴出の危険性を重視、実態調査に乗り出した。その結果、東京の下町、台東区、墨田区、江東区を中心とする地域の古井戸や地下室など二三か所からメタンガスの噴出が確認された。

周辺の立入検査を実施して火気使用の禁止、井戸の埋め戻し等を指導し、更なる専門的な実態調査と再発防止を東京都など関係機関へ要請をした。

「わが家に、こんな危険なものが出るなんて知らなかった。恐い」

住民たちは、無色無臭の姿無き天然ガスの存在を知り、恐れおののいた。

地下に眠る天然ガスの根本的な安全対策は地上への放出拡散であった。だが、その解決には時間と費用が必要であった。


事故は又、その隙間を突いてきた。

昭和五〇年一〇月、江東区夢の島の「夢の島いこいの家」で爆発が起きた。

調査の結果、ゴミ埋立地周辺からメタンガスの噴出が明らかになった。新たなゴミ公害が出現したのである。

東京都もこの事故を重視、建築確認時の個別指導等、本格的な対策に乗りだした。

だが、事故は又、起きた。

平成五年二月、江東区越中島の水道給水管の新設工事で、ずい道内に漏れて滞留したメタンガスが爆発、立杭二七メートル、横杭一、三〇〇メートルのシールド工法で作業中の五人が爆風で吹き飛ばされ、四人がメタンガスが噴出する最先端に取り残された。ガス漏れの現場では火源となる照明も使えない真っ暗闇の一、三〇〇メートル先での救助は困難を極め、一五時間の時間を要した救助活動のかいも無く四人の死者をだした。

次から次に起きるガス事故。目に見えない漏洩ガスの安全対策への道は遠く、まだ緒についたばかりであった。

なぜ防げぬ、欠陥品事故

欠陥製品による火災や救急事故も頻繁に起きていた。

「君たちには、前例が無い」と、鎌田広報室長から激を飛ばされた生活安全課。欠陥製品の排除を主眼として誕生した生活安全課が動き出した。

電子ジャー、電気ポットと、後をたたない相次ぐ欠陥製品の火災と救急事故。事故発生の都度、直ちに報道発表して注意を呼びかけ、メーカー等への警告をくりかえした。報道で関心が高まった消費者から、東京消防庁への問い合わせも日増しに増え続けていた。

昭和四三年に「消費者保護基本法」が施行され、消費者への情報提供等を行う「国民生活センター」が昭和四五年に発足はしたが、都民からの相談や問い合わせは、もっぱら生活安全課の都民相談係へ向けられていた。

欠陥製品の火災原因の究明にあたっては、東京消防庁の科学研究所でも実験等を行い対応に当たっていたが、火災以外の原因究明には自ずと限界があることから、消費者保護基本法に基づき国の責務として速やかに専門的な製品テストを実施するよう要望をした。便利優先のメーカー任せの商品テストから、国として安全優先のテストを行うべく、昭和五五年になってようやく商品テスト研修施設が竣工し、国が本腰を入れ出したのである。

「冷蔵庫から白煙が出てきた……」

東京・豊島区の住民から119番通報が入った。

「コンセントを抜くか、ブレーカーを切って……」

指令係員が指示をしてポンプ車を出動させた。

白煙が出たのは、日本を代表する企業の日立製作所の冷凍冷蔵庫。

この冷蔵庫は、出火危険のある欠陥コンデンサーが使用されていることが分かり、日立が部品の交換を進めていたもので、未だ約一割が未交換で残っていた。生活安全課は日立に回収修理を急ぐように要望をすると同時に、各消防署の広報紙や防火座談会等を通じて積極的な回収の協力を呼びかけることとした。

「日立の洗濯機も、変だ」

生活安全課は過去の火災データを仔細に調べているうち、昭和五六年に東京狛江市で、日立製作所が作った洗濯機のコンデンサーが焦げるボヤ火災の記録を見つけ出した。その問題の洗濯機は、製造が五二年から三年間で、約一六万台が全国で販売されていた。原因は洗濯機が長年、浴室で使用されていたため、ネジの締め付け部分から湿気が入り、絶縁不良と処理されていた。

更に調べていくうちに、東京武蔵野市でも狛江市とまったく同じボヤ火災があることが分かった。日立から事情聴取したところ都内でボヤ火災を含めて五件の事故や苦情があったことが判明。東京消防庁と日立で調査した結果、西独製のコンデンサーに欠陥があり絶縁不良を起こすことが判明した。生活安全課は、日立に対し、修理交換を速やかに行うよう警告をした。

生活安全課に夏休みはなかった

「ドライアイスが爆発した」と、119番通報が入った。

夏、子供たちが、洋菓子の保存用に入っていたドライアイスをビンに詰めて遊んでいるうちに、ビンが爆発して大ケガをする救急事故が、この夏休み中に四件もおきた。ドライアイスは水に触れると白煙を上げ急激に気化して、ビンなど密閉した容器では中が高圧になり破裂する危険があった。容易に手に入る用済みのドライアイスで遊んでいるうちに、白煙を上げるのに興味をもった子供たちがビンに入れ事故になったことが分かった。

子供たちは好奇心のかたまり。「あれもダメ、これもダメ」と、何でも試したいと言うその芽をつんでもいけない。「危険と安全」を夏休み中の子供たちに指導する絶好のチャンスと捉えた生活安全課は、東京都教育委員会やＰＴＡ協議会を通じ、ドライアイスなど身近にある危険なものを正しく理解させるよう防災教育の面で指導するよう要望した。

「ビデオに幼児の指が挟まって、抜けない」

１１９番通報があった。受信した指令官は、最初はどんな状態になっているのか、理解に苦しみ、適切なアドバイスが出来ずにいた。母親の助けを求める悲壮な声を聞き、救助隊と救急車を同時出動させる騒動となった。

ビデオデッキの挿入口に幼児が手を入れた際、自動装てん装置が作動して指が引き込まれて抜けなくなったものと分かった。幸い軽いケガで済んで「ビデオって、怖いものなのネ」と母親もやっと安堵の笑顔を浮かべた。

生活安全課は「こんな事って、起こるのか」と、思いもよらぬ事故に頭をかしげたが、早速、実態調査を開始し、過去七件の同種事故があった事が判明した。「これは欠陥とは言いづらい。だが、事故は起きた。メーカーに事実を知らせ、再発防止策をお願いしよう」

「ビデオ技術委員会で検討、改善できることは改善したい」と各メーカーが改善の検討に入った。

ローソク立てが燃える

減らないローソク火災を調べていた生活安全課員。ローソクの転倒や接炎が火事の元凶で、使用者のミスがほとんどであったが、東京江東区の火事ではローソクが消え止まるはずのローソク立てまでが燃え、火事になったことを知った。製造元を探し求め、デパートやおもちゃ屋等をまわり調べた結果、ローソクとプラスチック製ローソク立てのセットで販売されていることか分かった。さっそく実験をしたらローソク立てまでが燃え尽き、危険と断定。メーカーに警告をし、安全対策を指導した。

都内でのローソク火災は毎年、約八〇件発生しているが、ローソクが燃え尽きてから火災になったことまで追求できない例が多く、「まさか……」という課員の疑問が一つの安全対策を解き明かす糸口になった。

ローソク火災を調べた課員の疑問は、新たにローソクの出火場所に視点を当てた。

ホームパーティーを楽しむ家庭が増え、ムードを盛り上げるためにローソクを使ってのキャンドルブームの影響もあって、居間やキッチンでの火事が目立つようになった。だが、ローソクの出火場所の大半は祭壇であった。

「ダンボール祭壇一基焼失」

聞きなれないダンボール祭壇に課員は疑問を持った。

備え付ける仏壇のスペースが無いマンション等では、仮の祭壇で供養をしているのが多い。この祭壇がダンボールの組み立て式で安価であることから多く出回っていた。長期間使用していると重い骨つぼや供え物等でダンボールが変形したりしてローソクが倒れたりする危険があり、都内だけでも毎年約五〜六件の火災がおきていた。

葬儀の後に、更に不幸が重ならないためにもと、生活安全課は葬儀団体に安全対策を指導した。

小さな事象を見過ごすことなく捉えて、一つ一つ根気良く解決に努力する課員の姿勢に、鎌田広報室長は「よくやった」と、エビス顔で激励の言葉を惜しまなかった。

社長を辞任に追いやった欠陥製品

安価で自由に持ち運びが出来、どこでも使えて便利。そんなうたい文句で売り上げをあげてきた、三洋電機の石油ファンヒーターが欠陥と分かり責任をとって社長が辞任するまでに至った。

どこへでも運べて使えるため、換気不良の事故は使用者のミスと、製作技術陣は決め付けていた。狭い室や窓の少ない換気の悪い場所では「換気」が安全の鍵を握っていると古くから戒められていた。だが、技術者達の二重三重の安全チェックをかいくぐり、ガス事故は減る兆しが見えなかった。

現場から「不完全燃焼を起こしやすい製品がある」とトップへの報告はあった。だが、換気をしなかった使用者のミスと片付けてしまっていた。

そして事故が起きた。

会社で、空気吸入口にホコリが積もった条件でテストした結果、密閉した部屋では一酸化炭素が多量に発生することが分かった。

一方的に使用者にミスを押し付けるのを改め、新聞広告で「欠陥」と言う表現を使う予定であったが、「欠陥」の表現を嫌った会社の判断は「点検・補修のお願い」と言う柔らかな表現の広告内容に止めた。そして、死者が出る事故が続けさまに起き、マスコミが動いた。

死者が出た大事件と、新聞で「欠陥」と大きく報道され、社長が辞任へ追い込まれた。

「これ以上、死者を出すな」と、生活安全課は、緊急チラシを二五万枚つくり、各家庭へ配布して、欠陥製品の回収を急いだ。

「厳重な安全テストをしたと思っていたが、こんなにもろいとは……」と技術陣は頭をさげた。

その名は消えた

昭和四八年、発足したての生活安全課は、すぐに、増え続けるガス事故の追跡調査に着手、その実態を「ガス事故の実態」と厳しい題目を付け、消防職員の職務上の参考資料としてまとめた。これを見た鎌田室長の指示でマスコミや関係機関にも送付するようになった。

作成者は「あくまでも消防が扱った限定的なもの」と、一般の公表には二の足を踏んでいたが、室長の命令に渋々従ったのである。

「ガス漏れ事故が八割。換気不良が二割」

参考資料は調査結果の分析を明らかにした。特にマンションやアルミサッシュで気密化された部屋では、窓を開ける等の換気は、木造家屋の四倍も多くしないと酸欠の危険があると警告。石油ストーブも同様に、換気は一時間に一回と言われているが、三〇分毎に一回の換気が必要と、「密室では換気が命を守る鍵」を強く訴える内容となっていた。

消防が火事以外の救急予防に一歩踏みだした追跡調査としてマスコミが注目。「三〇分に一回の換気を」と新聞紙面を飾り、暖房機器メーカーからの問い合わせが殺到した。

「密室では換気が命を守る鍵」と、暖房機器メーカーなら百も承知の事実。

だが、事故は起きた。通常の使い方をすれば事故は起きないと製造技術者は言う。事故は使用者のミスと言う認識が製品を研究開発した技術陣に潜在的にありゃしないか。

石油ファンヒーターは強制吸排気式のクリーンヒーターの後を追い、手軽に持ち運び出来る便利さをねらって開発された。だが、排ガスを室内に出すため、換気と言う潜在的危険性を残したまま販売に踏み切った。ひと昔前の、すき間風が入る構造の家屋であったなら死亡事故は起きなかった可能性があった。暮らしの向上と技術進歩のかみ合わせに不都合が生じ、事故は、その間隙を突いて起きた。生活環境の変化が一つの要因と言えなくも無い。

我々の日常生活の中には、思わぬ災害や事故を起こす「落とし穴」が潜んでいる。

政府は欠陥問題を無視できなくなり、欠陥製品による人的物的損害が生じ場合の製造業者の損害賠償責任を定めた「製造物責任法」（通称ＰＬ法）がつくられた。

平成六年七月。遅まきながら欠陥製品に対する損害賠償責任を追及しやすくした。

家庭内の欠陥製品問題を真っ先に手がけた、東京消防庁の生活安全課の果たすべき役割は大きかった。

その生活安全課も、広報室から部になった指導広報部も、その役目を終えたかの様に東京消防庁の組織からその名称は消えた。

時代は、もはやその存在を必要としなくなったのか、組織制度改革と言う名による発展的解消による運命であったのか、今はただ、新組織が今まで以上の期待に応える事を見定めるしかない。

第一〇章　痛恨のホテル・ニュージャパン火災

最後の広報談義

初の全国消防職員用の消防広報教科書が完成した。大川総監と鎌田の二人だけの広報談義で作ると決めた教科書が、消防総監の机の上にあった。

「良く出来たな。これで全国の広報レベルが上がる」

――みのりある消防広報をすすめるために――のサブタイトルが付いた出来立ての、「消防の広報」を一読して、大川総監は鎌田に執筆した係員へ労をねぎらうように伝えた。「国民の理解と協力を得るきっかけとなるのは『知ること』と『知らせる』から始まる」と、全国消防長会広報特別委員長の大川鶴二の言葉で結ばれていた。

この「消防の広報」完成から六か月後、大川総監が退官する。初の広報教本に大川総監は消防広報の発展に期待を託したのである。

「鎌田君、ありがとう。あとは頼んだよ」

大川消防総監が東京消防庁を去る日、鎌田との最後の広報談義が行われた。

「勉強をしたかった。総監から、もっと教わりたかった」

「何を言う、君は、他の人が学べなかったマスコミ学を習得したではないか。これからも鋭い感性に磨きをかけ、広報の鎌田を貫きたまえ」

鎌田に明日を期待して、二人だけの広報談義は終わった。

消防総監在職六年、鎌田はその内の五年間、広報課長、広報室長として大川総監を支えてきた。消防広報を通じての二人の主従関係は、誰の目から見ても「羨ましいの」一言に尽きた。

鎌田の司会で、大川総監の最後の記者会見が行われた。

昭和四九年七月。時あたかも、大川総監が一時も忘れたことがない、一九人の殉職者を出した勝島爆発火災から一〇年目の節目に当たっていた。この日も、あの時と同じに暑い日であった。

「あの日も暑かった……」

勝島火災を想いうかべ、沈痛な面持ちの大川総監の一言から会見が始まった。顔なじみの記者たちに囲まれ、軽い冗談の一つぐらいは飛び出すはずだが、大川総監には笑顔はなかった。

「息子を返せとは言わないが、二度とこの悲しみをさせないで欲しい」

遺族の発したこの一言が、残痕として大川の心に重くのしかかっていたのである。

「ご苦労さまでした。これからは、ゆっくりしてください」

記者たちから拍手が沸き、六年間の総監在任中に救急部と広報室の二つの部を誕生させた大川総監の行政手腕を称えた。

このとき鎌田は、大川総監が苦汁を味わった経験を、自らも受忍しなければならない事件に遭遇するとは、夢にも思ってはいなかった。

「鎌さん、大川さんの分まで、がんばれよ」

消防広報の最大の理解者であった大川総監が去り、鎌田の双肩に重圧がかかる事を記者たちは気遣った。

「はこび屋」の汚名を消せ

大川総監が退官して一年、広報室が指導広報部と名称が変わった。

指導広報部と変わると同時に、鎌田もまた、救急部長への異動が発令された。

新任地の救急部は、鎌田にとっては、救急部誕生にかかわったと言う思いは深い。

「救急部の新設を検討している」

大川総監が誕生して初めての二人だけの広報談義の時、大川総監が救急部構想を鎌田に明かした。そして更に、「救急への理解が低いのは、広報課にも責任がある」と、広報を自認していた鎌田の鼻柱をへし折る叱責も加えた。それは大川総監が、救急部の実現のためには「世論のバックアップが不可欠だ」と、鎌田への一層の奮起を促す叱咤激励の意味が含まれていたのである。

悲願の救急部が新設されて四年、鎌田は三代目救急部長として就任した。

「救急は、広報のようにはいかないぞ」

新救急部長鎌田への期待と不安の声がささやかられていた。

増え続ける救急件数、追いつけない救急医療体制等、難問題が鎌田を待ち受けていた。

特に、新救急部長の鎌田が注目したのは、昭和三八年に救急業務が法制化されたとは言え、救急業務は今までと変わらず、医師法によってがんじがらめに制約され、相変わらず「はこび屋」の壁を越えられずにいたことであった。

「これで、良いはずがない」

鎌田と同じように、救急隊員たちが異口同音に答えた。

人の生死にかかわる救急現場で黙々と働く「もの言えぬ」救急隊員たち。この隊員たちを

「はこび屋」と嘲笑させていてはならぬと、広報鎌田の血が騒いだ。

大川総監が指摘した「救急の理解が低いのは、広報の責任でもある」の言葉を鎌田は噛み締め、全国消防協会の広報教材「消防の広報」にある「国民の理解と協力を得るきっかけとなるのは『知ること』と『知らせる』から始まる」と結んだ大川総監の教訓を実践する。

就任早々の救急部長の鎌田は「はこび屋」の汚名を晴らすために、救急隊員たちが黙して語らぬ知られざるナマの実態を、マスコミが自ら実体験して「知ること」と、マスコミがその体験を「知らせる」の両てんびんを掛けた、救急車同乗取材の方策を模索した。

親交の深い記者に鎌田はその心情をうち明け、鎌田節で取材協力を迫った。

「鎌さんには、負けたよ」

鎌田部長のねばり勝ちで、記者が消防署に宿泊して消防士たちのナマの姿をレポートすることになった。


レポートの記事が新聞にのった。

――失禁して汚れた老人を担架で診察室へ運ぶと看護師が「大変な人を連れて来たわね」と顔をしかめた。搬送した患者の汚物は診察前にきれいにするのは救急隊の役目なのか、自分の父親を介護するかのように、嫌な顔一つしないで隊員は汚れをタオルでぬぐい、湯ですすいで、生気のない下腹部の汚れをまたぬぐう。「きれいになったよ、あまりお酒を飲んじゃだめだよ」と静かに諭す隊員に、こっくりとうなずく老人の目が潤んでいた。

家に帰ればヨコのものをタテにもしない四〇代の隊員が、その手でオムツをあてがっていた。「おじさん、早く元気になれよ」と告げ救急隊は引き上げた。老人はどんな人生を送ってきたのか、そしてこれからどんな人生が待っているのか、それは隊員たちの仕事の外なのである――。


一通の手紙が部長室に届いていた。救急隊員の中学生の息子さんからであった。

「おやじは偉い、日本一のおやじだ。家では酒飲みで無口、いつも僕とケンカばかりしていたが、この新聞を読んでおやじの優しさを知りました。おやじを大切にします……」

鎌田の見込み通りに、新聞が連載されると大きな反響を呼んだ。

救急隊の知られざる真摯な実像が国民の間に浸透し始め、「救急隊、がんばれ」の激励が生活安全課公聴係に多く寄せられ、多くの国民の共感を得たのである。

救急への関心が次第に高まってきていた。だが、「はこび屋」の域を脱する救急救命士の誕生には道遠く、更なる救急キャンペーンを張る必要があった。

鎌田が退官した後、鎌田が広報課長の時に同課の普及係長であった者が救急部の課長として赴任してきた。その男は全国初の防災教本「火災と地震の話」の提案者であり、その実現に孤軍奮闘して完成までやり遂げた、防災教育普及の陰の立役者で知られる。その男の名は武井勝徳、鎌田広報の血を継ぐ熱血漢である。

武井が救急部へ赴任するや、いつまでも「はこび屋」のままの救急隊では「助かるはずの命を救えない」と発奮。退職覚悟で「これで、いいのか日本の救急」と怒りの声を有名雑誌へ投稿した。この勇気ある発言が導火線となって、救急隊に救命処置行為の拡大が必要という世論が高まり、マスコミが救急医療の問題点を追求する大キャンペーンを展開した。そしてついに平成三年に救急救命士法が成立し、悲願であった救急隊員の救急救命士が誕生したのである。

鎌田が成し遂げられなかった事を、広報課のかつての部下であった武井が成し遂げたのである。ここにやっと救急隊から「はこび屋」の汚名が消えた。

東京消防庁の救急部を語る時、鎌田広報を抜きにしては語る事は出来ない。

東京のホテルは安全か

鎌田は、昭和五五年一〇月四日に予防部長に就任した。

予防部長の椅子は鎌田の恩師であった鉾田昇の座っていた椅子であり、予防部は鎌田が消防広報への第一歩を踏み出した、忘れられない深い想いがあるところであった。

日比谷公園の中にポツンと一軒、木造の仮庁舎であった予防部が、今は、皇居を見下ろせる高層ビルの一角に肩を並べる東京消防庁庁舎に至っていた。東京は近代的な高層ビルと昔ながらの木造家屋が混在する防災都市への発展途上にあり、地震対策をはじめ都市の安全対策が急がれ、予防部に課せられた課題は山積していた。

部長室の壁に歴代の予防部長の顔写真が掲げられていた。その中に恩師の鉾田昇と大川鶴二が「頑張れよ」と微笑む顔が鎌田を迎えてくれた。

だがこの時、予防部長鎌田に試練が待ち受けているとは知る由もない。

予防部長室の窓からは、皇居のイチョウの葉が色づきはじめ、早い秋の訪れを告げ、木枯らしが舞う火災シーズンが目の前まで迫って来ていた。

東京消防庁予防部には問題が山積されていた。その最大の懸案は欠陥だらけのホテル・ニユージャパンの違反問題であった。

新任部長への事務説明の席上で、担当者は分厚い書類をかかえ、困惑を隠せないでいた。

「やるやると言ってんですが、一年以上も違反処理が続いています」

「ホテル・ニュージャパンの責任者は、そんなに、いい加減なのか？」

鎌田が麹町署長時代、何回か視察をして、建築上の構造面で問題が多く、一旦火災が発生すれば人命危険がある建物として指定して、署独自で特殊建物警防計画を作り火災発生時の消防活動対策をたてていた。そして火災予防では事あるごとに警告を発し、関係者は消防の指示にはきちんと対応する誠意があったと鎌田は認識していた。当時のオーナーは国会議員の藤山愛一郎であったが、鎌田が麹町署から異動した後には、会社乗っ取り屋と異名のある横井英樹に経営権が代わっていたのである。

「すぐに所轄署から指導勧告しなさい」

鎌田は違反担当者に指示した。

鎌田が広報課長の時の、一一八人の死者を出した大阪の千日デパートビル火災。そして死者一〇三人を出した熊本の大洋デパート火災。この日本中を震撼させた相次ぐ大惨事が契機で、昭和四九年に消防法が改正され、旅館、ホテルにスプリンクラーの設置が義務付けられた。しかも既存の建物も五四年三月三一日までに設置が完了するように義務付けられる厳しい法改正であった。

本来ならば、鎌田が予防部長に就任する以前に、全ての旅館・ホテルにはスプリンクラーが設置済みになっている筈なのに、ホテル・ニュージャパンだけが未だ未設置の違法状態が続いていたのである。

「早く、何とかしなくては……」

鎌田に一抹の不安が残った。

予防部長に就任して一か月が過ぎた。

東京都や自治省消防庁等への部長就任の挨拶も終え、やっと予防部長の椅子に座れる時間がとれるようになった。だが、懸案のニュージャパン問題が、鎌田の頭からかた時も忘れることがなかった。

「お父さん、大変よ。旅館が火事で、たくさんのお年寄りが亡くなっているわよ――。」

鎌田が帰宅し、玄関に入るなり、妻保子が血相をかえて言った。

昭和五五年一一月二〇日。栃木県の川治プリンスホテル火災であった。

テレビでは死者行方不明多数とテロップが流され、番組を変更して大惨事を放送していた。電話が混信して現地との連絡は困難な状況になり、テレビとラジオからの情報が頼りだった。

テレビニュースは増え続ける死者の数を刻々と伝えていた。

「東京のホテルは、安全か——？」

鎌田にマスコミからの電話がかかってきていた。

「状況が、さっぱり分からない。今はコメントできない」

鎌田にはこれ以上の事は言えなかった。沈黙をせざるを得ない理由はホテル・ニュージャパンにあった。

テレビの画像を凝視し続ける鎌田。次第に明らかになってきた惨事の実態に言葉を失った。

バスで到着したばかりの真昼間に東京杉並の老人クラブのお年寄りたちを襲った戦後最大のホテル火災。避難誘導もなく逃げ場を失ったお年寄り四五人が焼死すると言う痛ましい惨事。スプリンクラーも無く、ないないづくめの安全無視で営利優先の結果が招いた人災だと、現場から怒号が上がっていた。

「繰り返される惨事」「手ぬるい消防行政」「営利第一の、つぎ足し増築」「人命安全を忘れた無責任ホテル」

新聞テレビは、連日にわたり怒りの論評を掲げた。

川治のホテル火災は、東京消防庁にとっても他の管轄の災害どころでは無かった。

「問題のニュージャパンの違反処理を急げ」

鎌田は予防部内で緊急の対策会議を開き査察課員を督励した。

一二月に入り早速、所轄の麹町署と本庁の査察課の合同の立入検査を実施した。六月に次ぐ二回目の異例の立入検査であった。

スプリンクラーの設置は地下二階から地上三階までの設置予定の一五パーセント。防火シャッターは予定の半分と、前回の検査結果と変わらず、八階以上は手付かずのままの違法状態が続いていた。

「このままでは、川治のホテル火災の二の舞になりかねない。どうして使用停止命令ができないのか」

担当者の説明を何回も聞き直しては、また聞きなおし、抜けに抜けない「伝家の宝刀」の消防法五条の矛盾を悔いた。

消防法五条の「伝家の宝刀」が抜けないのは、政財界をはじめ、国民的世論が、いまだ「是が非でもヤレ」と言った盛り上がりを見せないのも理由の一つでもあった。

それならば、頻繁に立入検査と指導と警告等を繰り返して、それでも改善意思がないなら世論のバックアップを得て「不適ホテル」と公表して是正を促進してはどうか。一向に進まぬ違反是正に、予防部長鎌田は今まで培ってきた鎌田広報の姿勢を示した。

年が明けて昭和五六年早々から、立て続けに立入検査と指導を実施したが、従来通りの「やります、やります」と言うだけで、もはや是正の意思なしと判断。昭和五六年九月一一日、工事期間の猶予を考慮して、一年後の昭和五七年九月一一日までにスプリンクラーを設置するよう「命令書」を交付した。もはやこれまでと、命令無視の場合は「告発」の強行処置を行うことを警告し、一層の安全管理を指導した。

ニュージャパン延焼中

✍——（ホテル・ニュージャパン火災）——

昭和五七年二月八日㈪午前三時一五分頃、千代田区永田町のホテル・ニュージャパンの九階客室から出火。火は一〇階から七階まで延焼して、死者三三人・負傷者三四人を出す大惨事となった。都心の一等地に建つ国際観光ホテルだが、消防のたび重ねる命令や警告を無視するなど安全管理を怠った経営方針に批判が集中、社長ら幹部らを業務上過失致死罪で逮捕、社長は禁固三年の実刑判決が確定した。

――✍

関東地方は寒波に覆われ、寒い日々が続いていた。

昭和五七年二月八日午前三時三九分、ホテル・ニュージャパンの火災通報一一九番が東京消防庁に入電した。

中野区の予防部長公舎に「ニュージャパンが延焼中」の電話が入った。

「しまった。ついにやったか――。」

鎌田が一番心配していた事が現実に起き

「ホテル・ニュージャパン」火災

たのである。

タクシーで、凍てつく深夜の都心を横切り、大手町の東京消防庁へ駆けつけ、ニュージャパンの関係資料を抱えて火災現場へ向かった。

鎌田は目を疑った。

ビルが炎を上げて燃えている、まるで木造家屋の火事のようだ。窓から手をふり救助を求めている人々。

「ヘルプ・ミー」の悲鳴が夜陰を突いて聞こえてきた。炎の明かりで人が飛び降りる影が見えた、一人、そしてまた一人と……。

現場は怒号とサイレンが入り乱れ修羅場と化し、身の毛がよだつ地獄絵図そのものであった。

指揮本部で広報課員が記者発表を行っていたが、収拾がつかず、怒号が飛び交い、記者たちが苛立っているのが分かった。

「鎌さん、レクチャーしてよ……」

記者たちがメモを片手に駆け寄ってきた。鎌田にまぶしくテレビライトがあてられた。

「このホテルは、消防法違反で改善命令をだしてある……」

後日、「テレビに出ていたぞ」と知人から言われたが、その時の事は良く覚えてはいないと鎌田が言うほど、鎌田もパニックに巻き込まれていた。

朝の六時三〇分。「死者二三人、行方不明多数」と、指揮本部から中間発表された。気温はマイナス〇・七度。ハシゴ車にツララが垂れさがる、凍てつく寒さの中、午前七時なってようやく延焼防止の見込みがたったが、依然として行方不明者の捜索は続けられていた。

東の空が白々と明るんできた。あの豪華を誇ったホテルは、無残にも白煙をあげ断末魔の様相を現わした。

消防隊も記者たちも誰もが、目は血走り、疲労は極限に達していた。

「一〇時に、東京消防庁で記者会見を行う」

広報課員の絞る声で告げられた。

荒れた記者会見

記者会見場も、殺気立つ記者たちからの怒号が飛んだ。

「今さら、欠陥ホテルって言ったって、死んだ人は浮かばれない」

「無念――?。それは亡くなった人が言う言葉だ」

「そんな、いい訳を聞きにきたんじゃ無い」

「消防は手ぬるい、なぜ、もっと早く改修させなかったのか」

「危険なホテルが、まだあるのか。あったら公表しろ……」

記者たちの容赦ない厳しい質問が、曽根晃平消防総監と鎌田予防部長の二人にぶつけられた。

消防法五条を適用する行政上の難しさをいくら説明しても、「それは消防の言い逃れだ」と納得しない記者たち。

「これでは、まずい」

幾多の記者会見の修羅場を経験してきた鎌田は「法五条が抜けに抜けない宝刀なら、消防広報の宝刀を抜いてやる」と、とっさに記者たちの質問の矛先をかわす発言をしたのである。

「明日から、ホテル・旅館の特別査察をおこない、悪質な業者は公表する」

鎌田の一言で、膠着した会見会場の空気は一変した。

「公表――？　そうだよ、それをやらなきゃ」「公表はいつごろになる」「期待しているぞ、今度こそしっかりやって欲しい」

記者たちは一斉に、ペンを走らせた。

翌日の新聞各紙には「東京消防庁が、今日から特別査察」「悪質ホテルは公表」と、鎌田のねらい通りの記事が掲載された。

国会では、予算委員会の席上で、野党が「ニュージャパンの欠陥をなぜ公表しなかったのか」と追及し、鈴木善幸首相が「欠陥ホテルの公表を前向きで検討する」と答弁して公表を示唆した。


「悪質な欠陥ホテルは公表すべし」と言う世論は高まっていた。だが、鎌田の「公表」発言は、各方面から思わぬ反響を呼んだ。

「東京はいいけど、我々はどうする。温泉客が来なくなり町が衰退する」

温泉を観光の目玉にしている地方都市の消防からクレームがついた。

「観光で町がなりたっている地方都市の財政はどうなる」

県知事や市町村長から抗議の声が上がった。

「日本の観光事業を潰すつもりか」

全国の旅館組合や観光協会からも抗議の声が上がった。

「適」マークを交付しなかったホテルのみを対象に特別査察を行うもので、「適」マークの安全なホテルは対象外、と鎌田は抗議の電話の釈明に追われた。

戦前の「勝った、勝った」と都合のいい情報だけを流して国民を騙し続けた旧軍部のやりかたを体験している鎌田は、大川総監が唱えた「知ることと、知らせること」の広報理論を実践したに過ぎないのである。消防はあくまでも庶民の味方であるべきだと言うのが、鎌田の変わらぬ信条であった。

国会の予算委員会に参考人として出席した曽根消防総監は「この火災は防火体制不備で人災」と述べ、東京都の警務消防委員会では鎌田予防部長が「営利よりも人命安全優先で欠陥ホテルの公表に踏み切った」と自論を主張した。さらに、抜けに抜けない伝家の宝刀と揶揄され問題とされた消防法五条の「使用停止権」については、緊急の課題としてその具体的な行使基準の策定を、自治省消防庁をはじめ、全国消防長会等で即急に検討をしてその早期実現を期すと断言した。

抜いた伝家の宝刀

「もう、言いわけは、聞かん」

ついに、東京消防庁は「使用停止命令」を突きつけた。

東京消防庁九階。予防部長室には多くの報道陣が陣取り、カメラマンはシャッターチャンスを狙う席取りで慌ただしくなっていた。

一斉にフラッシュがたかれた。ニュージャパンのホテル支配人が一礼しておずおずと一人で入室した。社長の横井は一度も東京消防庁に顔を見せることは無かった。

青ざめた顔の支配人は、鎌田予防部長の前に立った。

「命令書。上記対象物は火災が発生したならば、人命に危険であると認めるので、消防法第五条の規定により二階以上の使用停止を命じる」

鎌田部長は大きな声で読み上げた。

首をうなだれて聞いている支配人。時おり目をしばたたかせ不動の姿勢で聞いていた。カが鳴くような小声で「はい」と応え、命令書を受け取ると、ふかぶかと頭を下げ部屋を出た。廊下で記者に囲まれ「厳正に受け取りました。社長に報告して善処します」と答え、小走りでエレベーターに乗り込んだ。


「焼けた後で使用停止命令なんて、むなしい……」

遺族の声が新聞に載っていた。

「指示のだしっぱなしは行政機関としては良くない。長すぎたと言う批判は厳しく受け止める」と、石見隆三消防庁長官が国会で頭を下げた。

「いろいろ批判があるが、今年九月迄と待ったのが裏目になった。慙愧に耐えない。だが、泣き言を言っていられない、徹底的な安全対策をする」と、曽根晃平消防総監がインタビューで答えていた。

「部長就任早々の川治温泉のホテル火災。あの時に強行していたならば……」と、鎌田は言葉少なく語り、悔いた。

ニュージャパン火災から五か月後の七月三一日。曽根消防総監が東京消防庁を勇退した。

その日、一人、総監室から遠くホテル・ニュージャパンの方向に正対し、犠牲者を悼み黙祷をする制服姿の曽根総監がいた。消防生活三六年、幾多の災害と戦ってきた曽根総監が、東京で戦後最悪のホテル火災に遭遇。歴戦の消防戦士の心の奥深くに、たった一つ、無念と言う残痕を背負い込み、静かに制服を脱いだ。

「本当の苦労をした人は、本当の優しさを知っている。」と人は言う。実直で生真面目すぎると言われていた曽根晃平は、一人、重荷を背負い、黙して語らず東京消防庁を後にした。

ホテル・ニュージャパン火災で陣頭指揮に当たる曽根消防総監

消防の生き字引の勇退

鎌田にも、東京消防庁のナンバー2の次長の職を最後に勇退する日がきた。

「俺は、本当に補佐役を果たせたのか」

鎌田が消防を去ると心に決めた時に、地獄を体験した二人の消防総監に想いをはせた。

一九人の殉職者を出した勝島爆発火災の大川総監。地獄絵図のホテル火災を目の当たりにした曽根総監。二人は厳しい世間の目を一身に受け、責任を他に転嫁せず自らを責め、すべてを受忍し、組織のトップとしての重責を全うした。

日本の国技相撲界では、横綱になった瞬間から「引退」の二文字がついて回ると言う。

「トップの苦悩は想像を絶する」と言葉では何とも言えるが、二人と身近に接し、共に修羅場をかいくぐって来た鎌田でさえ、トップに立つ人の心の内を図り知ることはできなかった。ただ一つあの忌まわしい出来事だけは心の深層に残痕となって消せずにあると、鎌田は信じた。

「ヘルプ・ミー――」

「あの時の――。」、「あの時に――。」と、鎌田もまた、拭いきれない心の葛藤にうなされていた。それは、人の生死に背中合わせの仕事をする消防人の宿命なのかもしれない。

「ありがとう」

鎌田はその一言を残し東京消防庁を去っていった。

昭和五八年七月三一日。鎌田伎喜は三九年の消防人生を終えた。

終戦の前年、警視庁消防部時代から消防一筋に生き、消防生活の三分の一が広報の仕事に携わった鎌田伎喜。

記者たちから「消防広報の鎌さん」と呼ばれ、親しまれ、頼りにされ、怒った顔を見せたことがなく「仏の鎌さん」とも言われた。だが、一度言い出したら必ずやり遂げ、「広報の鬼」と言う別名もあった。

「消防の生き字引が勇退」

消防広報人生を貫いた鎌田の勇退に、記者たちは感謝をこめた記事を書いた。

「お父さん、本当にご苦労さんでした。お母さんも喜んでいますよ」

テーブルには、妻保子の手料理が並び、今は亡き母タカの、満面の笑顔の写真が一緒に飾られていた。

「お父さんが、新聞に載ってたり、テレビに出るのを一番喜んでいた。お父さんの一番のファンでしたよ」

「俺は、おふくろに広報のイロハを教えてもらった。おふくろは広報課長だったな」

二人の広報談義は尽きることは無かった。

「雑談学校の開校のお知らせ」

鎌田家に一通のハガキが届いた。鎌田の勇退を新聞で知った中野区野方の「笑い地蔵」の仲間たちからであった。鎌田が消防の職を離れ、一介の一庶民の身になることを首を長くして待ち焦がれていた商店主や町内会のおやじさんたちが、改めて雑談学校を再開し、留年していた鎌田の復学を認める案内であった。野方駅前にまた一つ笑えが増えた。

「待ってたーよ」と、板橋の「佞喜会」も再開された。鎌田広報に終わりがなかった。

退職後しばらくして沖縄へ旅行で訪ねていった。

夜、ベランダで涼しい風にあたり、真っ暗な海原に点々と明かりが点る漁火を眺めていた。チャイムが鳴り「午後一〇時は消防の時間、お休み前に火の元を確かめましょう」と放送が流れた。

東京では聞かれなくなった「消防の時間」の放送を、遠く離れた沖縄の地で聞き、鎌田は笑みを浮かべた。

鎌田広報の漁火ははるか遠くまで届いていた。

「ぽとん——。」

ポストに新聞が投げ込まれた音で、鎌田家が朝を迎える。

鎌田佼喜の一日は、新聞に目を通すことから始まる。

鎌田には、「消防」の二文字を新聞の隅々まで目で追うのが日課になっていた。抜けに抜けない「伝家の宝刀」と揶揄された消防法第五条の適用基準。その早期作成を首相も消防庁長官も国会の場で約束した。全国の消防長たちも早期作成のために全国消防長会で検討を始めた。だが、未だ「抜けるようになった伝家の宝刀」と言う新聞報道は見当たらない。

鎌田はその日を待っていた。いつの日かきっと——と。

終わりに

「警察の悪口と、消防の美談さえ書けば、新聞は売れる」

あるコラムニストが言ったと、聞いたことがある。

「なるほど……」と、うなずいた記憶がある。

強い権限や権力を持つ組織や人には厳しい目を持って挑み、か弱いものには労わりの目で接する。そんなジャーナリストの思いが潜んでいる言葉ではないかと、今でも私はそう理解している。

警察部門から独立して自治体消防が誕生したとは言え、当時の消防の社会的評価は未だ低く、「火消し屋」と救急の「運び屋」と揶揄され、消防吏員は消防夫と蔑まされ、行政機関としては、か弱い存在であった。そのため消防の新聞記事には、消防の美談と宣伝が目立ち行政広報とは程遠い感が否めなかった。だが、「水と安全はタダ」と言う安全神話が崩れ、安全を買う時代に入り、消防はか弱きものから厳しい目で見られるようになり、宣伝から広報へと消防広報は変わっていった。「消防の美談を書けば新聞は売れる」は今や死語となったと言える。

「私の消防人生は広報一筋ともいえる」

宣伝から広報へと、消防広報の先頭ランナーとなって、昭和という年代とともに突っ走ったのが鎌田伖喜その人だと、多くの人は言う。

本稿が脱稿した時、鎌田伖喜さんはほっと安堵した柔和な笑顔を見せ、いつもより雄弁に鎌田節で続きを語りだした。

「消防は権限も権力も弱い、しかも組織も自治体ごとでその規模は千差万別、いつも縁の下の力持ちの存在だ」

「災害が起きるたびに、法令改正をとか、消防力の強化などと国へ要望するしかなかった。いつか『いっそ、東京消防庁より東京要望庁に改名したら』とマスコミから揶揄されたひと言が忘れられない」

「救急だってそうだ、消防が救急業務をやりだしてから三〇年間、法的根拠なしだった。しかも消防の本来業務として「適正に行うこと」と明文化されたのはごく最近の平成に入ってからだ」

若かりし頃を彷彿させる鎌田節には終わりがなかった。

「今も昔も変わらず、消防が抱える問題は多い。近代消防への実現は道半ばだ、若い消防人にその実現を託したい」

消防広報の鬼と言われた鎌田伎喜の消防への熱き思いは、今も健在であった。

鎌田伎喜さんの米寿を祝う会で、飲んべい仲間が「鎌田さんの話はおもしろい、いっそ本に書いたら」と言い出し、同席の近代消防社の三井社長も「やろう、やろう」とけしかけ、出版ということに至ったものです。

鎌田本人が持ち出した資料と写真などを前にして、止まることが無い鎌田節が弾け、戦後の消防組織制度の進展に一助の役目を担ったという心意気が強く伝わってきた。


本書は消防広報に命を賭けた鎌田伎喜という一人の男の生き様を書き上げるつもりでしたが、その熱き情熱と心意気を描くには筆者の力量不足で物足りなさを感じ、至らない点について反省をしています。しかし、戦後の消防の歴史の一ページに消防広報の存在を書き添えられたという、ささやかな自負は抱いている次第です。

出版を快諾してくれた㈱近代消防社社長の三井栄志氏のご指導に深謝し、加えて、温かい叱咤激励を頂いた元東京消防庁指導広報部長の有我政彦氏、㈲渡辺防災設備社長の渡辺瑞夫氏、元㈱東京ガス広報室の高須利弘氏、元習志野市議会議員の加瀬勇氏ら、多くの方々にお礼を申し上げます。

中澤　昭

〈追記〉

脱稿が近くなった頃。

ショッキングな「朝日新聞の慰安婦報道」の大誤報を知った。

長年、消防広報を担当し、報道を信頼しきっていた私は「エ――。」と絶句した。

「分からない」も立派な情報だと指導を受けた。

「誤った報道発表はすぐに訂正しろ」と教えられた。

「ウソは絶対につくな」と耳にタコができるほど聞かされた。

これらすべてが、鎌田広報の哲学であった。

広報を担当する人に言う。

「ウソをつくな」と。

【経　歴　書】

鎌田（かまた）　佽喜（ゆうき）（大正15年6月20日生）

1　本籍地

東　京　都

2　学　歴

国士舘大学政経学部　卒

3　現住所

東京都西東京市南町三丁目16番11号

4　主な経歴

昭和19年4月19日	警視庁採用
昭和23年3月7日	組織改正により東京消防庁に改称
昭和41年4月1日	板橋消防署長
昭和43年11月20日	麹町消防署長
昭和44年11月22日	総務部広報課長
昭和46年4月5日	主幹兼広報課長事務取扱
昭和48年4月1日	広報室長
昭和50年8月1日	救急部長
昭和53年4月1日	指導広報部長
昭和55年4月1日	人事部長
昭和55年10月4日	予防部長
昭和57年8月5日	総務部長
昭和58年5月24日	次長兼総務部長事務取扱（初代次長）
昭和58年7月31日	東京消防庁退職

東京消防庁退職後の主な経歴

昭和59年6月4日	財団法人東京防災指導協会　理事長
59年6月15日	全国危険物安全協会連合会　会長
59年6月19日	財団法人日本消防設備安全センター　監事
59年10月1日	財団法人消防試験研究センター　理事
60年7月10日	財団法人日本防火研究普及協会　理事
63年4月1日	財団法人全国危険物安全協会　副理事長
63年6月20日	危険物保安技術協会　監事
平成元年8月1日	危険物保安技術協会　理事
3年3月31日	危険物保安技術協会　退職
3年5月1日	東京共済生活協同組合　理事
6年6月1日	社団法人東京都交友会　理事
8年4月18日	東京消防庁退職公務員会　会長
8年4月18日	東京都退職公務員会連盟　副会長
8年5月1日	東京福島県人会　副会長
8年11月3日	叙勲／勲三等瑞宝章受章
10年1月7日	福島県南相馬市名誉市民
19年10月1日	東京都消防設備協同組合　顧問

（東京消防庁機関誌「東京消防」の巻頭言より）

心の絆

巻頭のことば（昭和52年6月号）
救急部長
鎌田　佐喜

私の知人に「心の店」を看板にして、店をたいへん繁昌させている人がいる。確かに核家族化された今の時代は、心の価値がより評価される世の中なのであろう。

先日、母がだいぶん弱っているから、という兄の便りがあって、私は久し振りに帰省した。

母は思っていたよりもひとまわり小さくなっていて、口も利けず、自分の用も足せないほどに老いていた。そばによって声をかけると、母はにっこり微笑（ほほえ）んで、かすかな声でひとこと、私の名を呼んで迎えてくれた。ただそれだけの〝語らい〟であった。

翌日、帰る時になって、私はやせ細った母の肩にそっと手をふれながら「元気で長生きしてよ」というと、母は私の手をきつく握ったまま、いつまでも離そうとしなかった。私にはその時の母の気持ちが痛いほどによく分かった。

それで私の短かい帰省は終わったのだが、私はこの無言の母の心を、これからも大切にして生きていきたいと思う気持ちでいっぱいだった。そして、そんな気持ちのなかから、ふっと、人と人との心のつながりというのは、こんな心情をいうのではなかろうかと思った。

私たちの日々の家庭や職場においても、また都民との関係においても、こういった言葉にならない「心の絆」を結び合うことが、とても大切なことのように思われてならないのである。

隣保共助

巻頭のことば（昭和54年5月号）
指導広報部長
鎌田 伎喜

「天災は忘れたころにやって来る」という名言を残した寺田寅彦先生の愛弟子である火災予防審議会地震対策部会長の和達清夫先生が、その現代版として「近ごろは、人災は忘れるひまもなくやって来る」と付け加えたいということを新聞に寄せられている。

確かに、天災は防ぎ得ないとしても、人災はわれわれの知恵と努力で防ぐことができるはずである。しかし、同時多発の地震災害などにおいては、ひとり防災機関の努力のみでは、これを押さえることは不可能であろう。つまり、防災は都民の協力なしでは果たし得ないのである。

関東大震災で、奇しくも焼け残った神田佐久間町は、そのかげに、住民の街を守ろうという隣り同士の強いきづなによる必死の消火活動があったからだといわれている。

わたしたちはいま「隣保共助」「防災は自らの手で」と都民に呼びかけているが、これは自らの安全はもとより、隣りの安全が我が家の安全にもつながるということから、住民同士、職場同士がお互いに手を組み、協力し合い、いつ来るかも知れない災害に立ち向かっていくことが何にも増して大切だという呼びかけなのである。

このことを、空念仏に終わらせないために、都民一人一人に対し、全職員がそれぞれの立場において、誠心誠意真剣に訴え、行動に移させることが、いまこそ必要なのである。「隣保共助」という言葉は、昔から言い継がれ、言い古されてはいるが、この意味するものを、わたしたちは、もう一度強くかみしめてみる必要があるのではなかろうか。

前を向いて歩こう

巻頭のことば（昭和58年5月号）

総務部長 **鎌田 攸喜**

私が麹町消防署の四二代目の署長になったのは四二歳の時であった。特に縁起をかつぐほうではない私も、この数字の巡り合わせが気になったが、「四二歳というのは世に出る歳と読むんです。また、始終荷がよいと言って、運送業の人などは四二四一の電話番号を買うんですよ」と教えてくれた人がいて、なるほど、物事は悪く解釈せず、要は見方を変えて、最善を尽くしていけば道は拓けるということなんだなと私なりに納得した覚えがある。

その後、浜名湖の館山寺へ旅した時、「自分の心を苦しめるのは自分の心だけである」という額がお寺にかかっているのを見て、ハッと思った。長い人生のうちには、仕事の上でも、また私生活の上でも、困難に直面してくじけそうになることがあるものだ。そんな時、自分を悲劇の主人公に見立てて逃げ出したくなることもあるかもしれない。だが、それらは、自分の心の持ちようだというのが、その言葉の意味するところであろう。

今は亡き私の母は、平凡なおふくろであったが、「人を恨まず、人を憎まず」ということを身を以て私に教えてくれた。すべてを善意に解釈し、相手の身になった温かい心で事を進めれば、必ずよい結果が得られるものである。

今年も、皇居の新緑が萌える中、刻まれた顔の皺に、存分の仕事を成し遂げた満足感をあふれさせ、多くの先輩が当庁を去っていった。どの人も、実にいい顔をされていた。自分が精一杯働くことが、そのまま万人の幸せにつながるのが消防の仕事なのだから、若い諸君も「消防一途に歩いてよかった」と思えるよう、些細なことにとらわれることなく、自ら選んだこの道を、楽しく、自信と誇りを持って、前を向いて歩いてほしいと思う。

皇居にて

故郷のみなさんへの訓示

鎌田学校の皆さんとともに米寿を祝う会で

米寿を祝う会にて

東京・野方の笑い地蔵尊の参拝

《著者紹介》

中澤　昭（なかざわ　あきら）

一九三七年　東京都板橋区生まれ。
法政大学法学部卒業。
一九五六年　東京消防庁採用。金町、石神井、荒川、杉並、志村各消防署長を歴任。
一九九七年　東京消防庁を退任。

主な著書

「消防の広報」　㈶全国消防協会
一一九番ヒューマンドキュメント「生きてくれ！」（NTTメディアスコープ）
一一九番ヒューマンドキュメント「救急現場の光と陰」　㈱近代消防社
「東京が戦場になった日」―なぜ、多くの犠牲者をだしたのか！　若き消防戦士と空襲火災記録―　㈱近代消防社
「9・11、JAPAN」―ニューヨーク・グラウンド・ゼロに駆けつけた日本消防士11人―　㈱近代消防社
「9・11グラウンド・ゼロに馳せ参じたサムライがいた」（諸君／文芸春秋社）
「なぜ、人のために命を賭けるのか」―消防士の決断―　㈱近代消防社
「暗くなった朝」―3・20　地下鉄サリン事件―　㈱近代消防社

東京都板橋区在住
E-mail=akira 119@tbz.t-com.ne.jp

☆☆

激動の昭和を突っ走った消防広報の鬼

―おふくろさんから学んだ広報の心―

平成二七年　五月一五日　第一刷発行

著　者―**中澤**（なかざわ）　**昭**（あきら）　©二〇一五
発行者―三井　栄志
発行所―**近代消防社**
〒一〇五―〇〇〇一
東京都港区虎ノ門二ノ九ノ一六（日本消防会館内）
TEL　〇三―三五九三―一四〇一
FAX　〇三―三五九三―一四二〇
URL=http://www.ff-inc.co.jp
E-mail=kinshou@ff-inc.co.jp
振替=〇〇一八〇―五―一一八五

印刷―長野印刷商工
製本―ダンク　セキ

検印廃止　Printed in Japan
落丁本・乱丁本はお取り替えいたします。
ISBN978-4-421-00863-0　C0093　定価はカバーに表示してあります。